내
마음의
노래

나남
nanam

김동길
金東吉
암송 명시

내
마음의
노래

2019년 10월 2일 발행
2024년 5월 20일 3쇄

지은이   김동길
엮은이   김형국
발행자   趙相浩

발행처   (주) 나남
주소   10881 경기도 파주시 회동길 193
전화   (031) 955-4601 (代)
팩스   (031) 955-4555
등록   제 1-71호 (1979. 5. 12)
홈페이지   http://www.nanam.net
전자우편   post@nanam.net

ISBN   978-89-300-4015-0
ISBN   978-89-300-8655-4 (세트)

내
마음의
노래

김동길
金東吉

암송 명시

나남
nanam

나의 삶 나의 노래

오랜 세월을 살았습니다. 90년 이상을 살았으니 호흡은 몇 번이나 했으며 심장은 몇 번이나 뛰었겠습니까.

일제 때 태어나 해방의 기쁨도 잠시 맛보았지만 평양에 소련군이 진주하고 김일성이 등장하면서 고향땅에서 오래 살 수 없었습니다. 월남하여 대학에 들어가자 이념의 대립이란 엄청난 혼란을 겪었습니다. 그러나 자유민주주의 헌법이 만들어졌고, 그 헌법에 따라 대한민국 정부가 출범하였습니다.

정부출범 2년도 채 안되어 북은 남침을 감행하였고 그 전란을 겪는 3년 동안 죽지 못해 살아남았습니다. 그사이 38선은 사라지고 휴전선이 새로 그어져 남북이 또다시 분단을 맞고 말았습니다. 그래도 대한민국은 미래의 희망을 확신하고 만난을 극복하고 분투노력하여 '한강의 기적'을 이룩했습니다.

그런 대한민국이 오늘 경제적 위기에 직면했습니다. 경제가 무너지기 시작한 것은 정치가 잘못되었기 때문입니다. 그 틈에 대한민국은 어떤 의미에서 간첩들의 낙원이 되었습니다. 그 공작원들이 어디서 무얼 하는지 짐작도 하기 어려운 위험천만한 시대를 우리는 살게 되었습니다.

인생 자체가 본디 괴로운 것이지만 이런 때 이런 위기에 직면했습니다. 살아야 할 날이 그리 많지도 않아 걱정할 일도 얼마 남지 않았지만, 총명하고 잘생긴 젊은 사람들이 배출된 오늘에 그들의 미래를 생각하니 이 노인의 마음은 편치 않습니다.

나는 어려서부터 노래를 좋아해 중학생 시절부터 무슨 뜻인지도 모르면서 선비들의 시조를 배우고 익혔습니다. 그 후에도 줄곧 시를 사랑한 것이 내 삶의 유일한 즐거움이었습니다. 일제 때 일본시를, 대학 시절엔 영시를, 그리고 대학 선생 노릇을 하며 한시를 즐겨 암송했습니다.

나이는 많지만 눈을 감고 내가 읊조릴 수 있는 시는 적어도 1백여 편이 되지 않을까 생각합니다. 그 시들은 어느 나라 것이든 내 삶의 어려운 고비고비마다 나를 위로하고 삶의 용기를 가져다주었습니다.

내가 평소 아끼는 김형국 서울대 명예교수가 "어른께서 좋아하시는 시들을 제 오랜 지음(知音)인 조상호 회장이 40년 연조를 쌓은 나남출판에서 한 권의 책으로 펴내 많은 사람들이 읽게 하면 어떨지요?"하고 정중히 제안해서 나는 이 청을 거절할 수도 없고 거절할 마음도 없습니다. 다만 나와 가까운 사람들뿐 아니라 우리말과 영어, 한자에 익숙한 많은 이들이 두루 즐길 수 있을 것이라는 자부심은 갖고 있습니다.

왜? 훌륭한 시인들의 노래이기 때문입니다.

2019년 추석을 앞두고

김동길

박대성, 〈야생화〉, 2017, 종이에 먹, 18×56cm

김동길
金東吉

암송 명시

내
마음의
노래

차 례

2부

스스로 사랑이 되어 한없이
봄길을 걸어가는 — 우리 현대시

1부

꽃은 무슨 일로 쉬이 지고

ㅇ 우리 옛시

그대를 남포에서 보내며 送君南浦 :
고향땅 강물 대동강

비 개인 긴 언덕에는 풀빛이 푸른데	雨歇長堤草色多
그대를 남포에서 보내며 슬픈 노래 부르네	送君南浦動悲歌
대동강 물은 그 언제 다할 것인가	大同江水何時盡
이별의 눈물 해마다 푸른 물결에	別淚年年添綠波
더하는 것을	

송도(松都) 엔 황진이(黃眞伊) 가 있었고, 서경(西京) 엔 정지상[1]이 있었습니다. 개성공단의 문을 닫아야 할 이유가 뭐냐고 물어도 대답이 없었습니다. 대답할 말이 없었나 봅니다. 그러던 북의 당국자가 "만나서 이야기라도 해봅시다"라고 하여 우

---

1 나는 긍재(肯齋) 김동길(金東吉) 교수의 애송시를 가려내면서 경의의 상징 하나로 정지상(鄭知常, 미상~1135)의 시 한 수를 먼저 골랐다. 대동강을 노래한 고려시대 한시인 이 시를 긍재는 즐겨 서예로 옮기곤 했다. "지혜로운 사람은 산을 좋아하고 어진 사람은 물을 좋아한다"는 말이 있다. 이 말대로라면, 긍재의 어짊은 고향땅 맹산에서 흘러온 대동강물이, 대한민국의 경제 근대화를 '한강의 기적'이라 이름했듯, 북한의 정치적 근대화, 곧 민주화를 상징하길 간절히 바라는 마음일 것이다. 동양 풍수는 "산은 땅을 가르고, 물은 땅을 잇는다"고 했다. 대동강이 그렇게 남북한을 잇는 통일의 상징이 되길 바라는 긍재의 마음도 누구보다 간절하다.

　정지상은 고려의 정치가였을 뿐만 아니라, 고려를 대표하는 뛰어난 시인으로서 문학사에서 큰 비중을 차지한다. 그의 시재(詩才)는 이미 5세 때에 강 위에 뜬 해오라기를 보고 "어느 누가 흰 붓을 가지고 乙자를 강물에 썼는고"(何人將白筆 乙字寫江波)라는 시를 지었다는 일화가 야사로 전해올 만큼 뛰어났다. 그는 한 시대의 풍운아였다. 서경 천도를 주장하는 무리들과 어울려 새로운 시대를 여는 데 적극 나섰지만 그 정치적 포부는 좌절되었다. 시 구절 끝에 나오는 푸른 물결

리 모두가 희색(喜色)이 만면(滿面)입니다. "그럽시다"라며 즉시 응하는 우리들의 심정은 "속는 셈 치고 또 만나 보자"라고 하는 것 같습니다.

누가 압니까? 고향을 떠난 지 오래된 탈북자 노장들이, '죽기 전에 고향 땅에 가 보았으면' 하는 허망한 꿈에 부풀어 있습니다. "나 이제 일어나 능라도 버들 사이로 가리라." 예이츠(William Butler Yeats)의 시를 멋대로 옮긴 겁니다. 개성공단으로 끝내지 말고 그보다 10배는 더 큰 평양공단으로 만듭시다. 속는 줄 알면서도!

— 〈자유의 파수꾼〉(*Freedom Watch*, 이하 〈파수꾼〉), 2013. 6. 10.

잠 못 들어 하노라:
옛 선비의 가슴

이화梨花에 월백月白하고 은한銀漢은 삼경三更인데
일지춘심一枝春心을 자규子規야 알랴마는
다정多情도 병病인 양하여 잠 못 들어 하노라

—

'녹파'(綠波)는 대동강을 말한다. 한량 한재락(韓在洛)이 쓴 19세기 평양 기생들의 삶과 예술에 대한 르포 글이 1829년경에 《녹파잡기》(綠波雜記)(안대회 옮김, 2017)로 이름 지어진 것도 바로 그런 연유였다. (이후 각주의 엮은이 해설은 모두 고딕으로 표기하였다. ─편집자 주)

지금으로부터 750년쯤 전에 태어난 고려조의 선비 이조년[2]은 봄을 온몸으로 느끼면서 이렇게 읊었습니다. '은한'은 은하수이고, '삼경'은 한밤중을 뜻합니다.

배꽃에 달빛 비춰 한밤중에 더욱 희다
이 꽃에 서린 애절한 내 마음 두견새는 모르리
정이 많아 병들었나 한밤에 잠 못 이뤄

침상에 누워 단잠 못 이루고 몸을 뒤채는 다정다감한 옛날의 한 선비의 모습을 그려 봅니다. 그가 그토록 애타게 사모하던 대상이 송도(松都)의 어느 기생은 아니었을 겁니다. 그는 분명히 나라를 걱정하고 있었습니다.

그런데 이 시대의 학자라는 사람들은 왜 나랏일을 걱정하지 않고 사사로운 일에만 몰두합니까? '돈'이나 '출세'에만 급급하고 큰일을 전혀 생각하지 않는 것 같아 걱정입니다. 지식인들이 애국에 무관심하면 나라가 망합니다. 이 봄에 '나라 사랑'의 낭만을 되찾기를 바랍니다. ─〈파수꾼〉, 2015. 4. 6.

---

2 이조년(李兆年, 1269~1343)은 고려 말의 학자이자 명신이다. 몽골풍 복식을 입은 그의 초상화가 전해오는 것도 유명하다.

백설이 잦아진 골에:
날마다 늙어가는 내 꼴

고려 말의 선비 목은 이색(牧隱 李穡, 1328~1396)이 이렇게
탄식하였습니다.

> 백설白雪이 잦아진 골에 구름이 머흐레라
> 반가운 매화는 어느 곳에 피었는고
> 석양에 홀로 서서 갈 곳 몰라 하노라

이색은 1396년에 세상을 떠났으니 고려조가 무너질 때 그는 이
미 일흔을 바라보는 노인이었을 겁니다. 나라의 앞날을 걱정하
면서, 한 시대의 뛰어난 선비였던 그는 봄을 노래하는 매화를
그리며 탄식하였습니다.

나는 이미 80을 넘어 90을 바라봅니다. '건강 백세'를 운운
하는 사람들이 점점 많아지지만 다 모르고 하는 소리입니다.
건강하게 100세를 살겠다는 것은 허망한 꿈입니다. '노익장'
(老益壯)을 말하는 이들은 노년의 고통을 경험하지 못한 사람
들입니다.

우리나라 국민의 평균수명이 80을 넘게 되었다는 오늘, '장
수'의 비결을 운운하는 것은 매우 죄스러운 일입니다. 오히려
'죽음을 생각하는 모임'이 바람직하다고 나는 믿습니다.

오늘 20대, 30대의 젊은이들은 노인들을 보면서 '자기들과는 무관한 사람들'이라고 착각하지만, 오늘의 노인들도 한때는 새파랗게 젊은 사람들이었음을 기억해 주길 바랍니다. 땅바닥에 앉았다 일어나기 어렵고, 조심하지 않고 계단을 무사히 오르내리기 어려운 사람들을 노인이라고 하는데, 사는 일이 힘에 겹다는 사실을 날마다 느끼면서 오늘도 살아갑니다.

—〈파수꾼〉, 2014. 2. 28.

흥망이 유수하니:
이 사람을 보라!

흥망이 유수하니 만월대滿月臺도 추초秋草로다
오백년 왕업이 목적牧笛에 부쳤으니
석양에 지나는 객이 눈물겨워 하노라

내 마음대로 이렇게 고쳐서 읽으며 그 뜻을 되새겨 봅니다. "흥망이 모두 하늘의 뜻이런가. 만월대에는 가을풀이 무성코 5백 년 왕업은 간 곳 없어 목동의 피리소리만 들려올 뿐, 석양에 지나가는 이 나그네 이 일 저 일을 생각하며 눈물겨워 하노라."

고려 말의 선비 운곡 원천석(耘谷 元天錫, 1330~?)이 어떤 인물이었던가를 알면 이 강산에 태어난 사실이 자랑스럽다고 느낄 것입니다. 그는 목은 이색과도 교분이 두텁던 당대의 명사였으나, 고려조가 기울어지고 이성계 일파가 정권을 장악하자 벼슬을 버리고 치악산에 숨어 살았습니다. 그는 몸소 농사를 지어 부모를 봉양하였다고 전해집니다.

운곡은 태종으로 즉위한 이방원을 가르친 일이 있어 운곡에게 벼슬자리를 주려고 태종이 여러 번 불렀으나 응하지 않았습니다. 그는 끝까지 대나무 한 그루처럼 곧게, 깨끗하게, 지조를 지키고 살다 세상을 떠났습니다.

"간에 붙었다 허파에 붙는" 지조 없는 지식인이 수두룩한 이 시대를 한탄만 하지 말고, 그대가 스스로 원천석같이 멋있는 선비 되기를 힘쓰는 것이 마땅한 일 아니겠습니까?

—〈파수꾼〉, 2017. 9. 3.

구름이 무심탄 말이:
민족의 역사를 바로잡으려는데

고려 말의 어지러운 세상을 개탄하며, 신돈의 횡포를 규탄하다 30세의 젊은 나이에 요절한 이 땅의 뛰어난 선비 이존오[3]

---

3 석탄 이존오(石灘 李存吾, 1341~1371)는 사관(史官)에 발탁되었던 고려 후기 문신이다. 1366년 신돈(辛旽)의 횡포를 탄핵하다가 공민왕의 노여움을 샀으나, 이색 등의 옹호로 극형을 면했다. 정몽주 등과 교분이 두터웠다. 3수의 시조가 《청구영언》(靑丘永言)에 전해진다.

가 이렇게 읊었습니다.

구름이 무심탄 말이 아마도 허랑하다
중천에 떠 있어 임의로 다니면서
구태여 광명한 날빛을 덮어 무삼하리오

유유히 맑은 하늘에 떠도는 저 구름이 얼핏 보기엔 무심한 것 같지만, 알고 보면 나쁜 뜻이 있어 저렇게 태양을 가리는 것 아닐까. 이존오는 한끝 탄식하며 한끝 방황한 것이라고 여겨집니다.

'호사다마'(好事多魔)라는 말이 있습니다. 그런데 오늘의 대한민국을 생각하면 그 네 글자가 적절하다고 느끼게 됩니다. 세월호의 참사가 왜 한국에서 일어납니까? — 〈파수꾼〉, 2014. 5. 6.

오백년 도읍지:
지켜야 할 충절은 지키는 것이

고려조의 마지막 선비라고도 할 수 있는 길재(吉再, 1353~1419)가 이렇게 읊었습니다.

오백년 도읍지를 필마로 돌아드니
산천은 의구하되 인걸은 간 데 없다
어즈버 태평연월이 꿈이런가 하노라

예전에 배운 동요 중에 이런 것이 있었습니다.

그립던 고향에 찾아와 보니
산과 들은 여전컨만 변함도 많다
내가 나은 우리 옛집 다 헐리었고
어머님의 심은 버들 홀로 컸어라

길재는 이색, 정몽주의 뒤를 이은 성리학의 대가였습니다.
1388년 '위화도 회군'이 있은 뒤로는 벼슬을 사양하고 고향에
내려가 어머니를 모셨다고 전해집니다.
　세월은 흐르고 시대는 바뀌었습니다. "새 술은 새 부대에"라
는 가르침도 있지만 지켜야 할 충절을 지키는 것은 우리 모두
가 본받아야 할 미덕이요 도리입니다.　　　－〈파수꾼〉, 2015. 9. 26.

강호에 겨울이 드니:
이 또한 임금님의 은혜

〈강호사시가〉(江湖四時歌)는 조선조의 대표적 청백리 맹사성(孟思誠, 1360~1438)이 읊은 사계절의 시조를 말합니다. 그는 장원급제하여 벼슬길에 들어섰고 세종 때에는 좌의정 자리에까지 오른 모범적 공직자였지만 한평생 겸손하고 가난하였다고 전해집니다. 그는 겨울에 이렇게 읊었습니다.

  강호에 겨울이 드니 눈 깊이 자(尺)를 넘네
  삿갓을 비껴쓰고 도롱이로 옷을 삼아
  이 몸이 춥지 않음도 임금님 은혜일세

원문에서는 시 마지막 행이 "역군은이샷다"로 끝납니다. '역군은'(亦君恩)이란 '이 또한 임금님 은혜'라는 뜻인데 얼핏 국왕에게 아첨하는 말로 들리지만 이 말이 맹사성 입에서 나왔을 때는 진실일 수밖에 없습니다. 누가 그 말을 했느냐가 중요합니다.

—〈파수꾼〉, 2017. 11. 27.

이런들 어떠하리:
위화도에서 회군하고

고려 말에 이성계(李成桂) 일파가 왕명을 어기고 위화도에서
회군하여 날마다 그 세력을 불리고 있었습니다. 그 가운데 조
준, 정도전 같은 당대의 유능한 인사들이 이성계 편을 드는 바
람에 고려 왕조가 위기를 면치 못하게 되었습니다. 이를 보고
포은 정몽주(圃隱 鄭夢周, 1337~1392)는 크게 분개했고, 아마
심중에 조준을 제거할 생각도 없지 않았으리라 여겨집니다.

한편 이성계 일파는 고려조 모든 백성의 존경을 한 몸에 받
는 정몽주 같은 대학자, 대경세가의 도움을 받아야겠다고 판
단했습니다. 이성계는 자기 아들 이방원(李芳遠)으로 하여금
시조 〈하여가〉(何如歌)를 띄워 포은을 자기편으로 끌어들이
려고 힘쓴 사실이 확연합니다.

　　이런들 어떠하리 저런들 어떠하리
　　만수산萬壽山 드렁칡이 얽어진들 기 어떠하리
　　우리도 이같이 얽어져서 백년까지 누리리라

—〈파수꾼〉, 2009. 8. 31.

이 몸이 죽고죽어:
포은이 살아서 한국이 산다

2011년 1월 22일 서울 힐튼호텔에서 영일 정씨 포은공파 학산 일가의 모임이 있었습니다. 그 저녁에 나의 강연 제목이 "포은이 살아서 한국이 산다"였습니다.

주최 측에서는 "포은이 살아야 한국이 산다"로 생각했지만 내 뜻은 포은이 살아야 나라가 잘된다는 의미가 아니었습니다. 우리 역사 속의 포은 정몽주는 619년 전에 선죽교에서 자객들의 손에 의해 피를 흘리며 쓰러져 세상을 떠났습니다. 하지만 그 어른의 정신은 어제도 오늘도 계속 살아 숨 쉬며 오늘의 대한민국을 이만큼 훌륭하게 만드는 일에 변함없이 공헌하고 있습니다. 그래서 "포은이 살아야"가 아니라 "포은이 살아서"라는 표현이 더욱 적절하다고 믿었던 것입니다.[4]

포은은 1337년에 태어나 고려 공민왕 9년 나이 23살에 과거를 보아 3장(초장·중장·종장)에서 연이어 장원급제를 하였으니 '한 시대의 수재'라고 가히 부를 수 있겠습니다. 사신으로

---

4 "그는 선죽교에서 칼을 맞았건 몽둥이로 맞았건 피를 철철 흘리면서 세상을 떠났지만 포은 정몽주는 오늘도 한강변에 서서, 오고가는 한국인들에게 '옳은 일을 보고도 하지 않는 것은 용기가 없기 때문이다'(見義不爲 無勇也)라는 한마디로 우리를 책망하고 계십니다. 그 음성이 들립니다." -〈파수꾼〉, 2015. 9. 25.

일본에 가서 우리나라의 해안지대 백성을 괴롭히던 일본 해적들을 범접 못하도록 고생을 많이 했습니다. 또 명나라에 가서는 해마다 바쳐야 하는 조공을 면해 줄 것을 요청했으며, 그 후 대제학 자리에 오르기도 하였습니다.

그러나 고려조의 충신인 포은은 그런 초청에 응할 사람이 아니었습니다. "나 그런 사람 아닙니다"라는 자신의 소신을 또한 시조 한 수 〈단심가〉(丹心歌)에 담아 이방원에게 보냈습니다.

이 몸이 죽고 죽어 일백 번 고쳐 죽어
백골白骨이 진토塵土 되어 넋이라도 있고 없고
님 향한 일편단심一片丹心이야 가실 줄이 있으랴

포은은 이미 죽음을 각오하고 새로 등장한 권력의 부탁을 거절했던 것 같습니다. 한마디로 "노"라고 하였기 때문에 그런 비참한 최후를 맞을 수밖에 없었습니다.

그러나 그의 정신은 우리 역사 속에 엄연히 살아 있습니다. 1905년 을사조약이 강제로 체결되자 외부대신, 군부대신, 학부대신을 지낸 민영환(閔泳煥)은 그 불미스러운 조약의 체결을 막지 못한 책임을 절감하고 자결하여 충정공으로 국민의 존경을 받는 역사적 인물이 되었습니다. 충정공의 가슴에는 문충공 정몽주의 끓는 피가 또한 흐르고 있었다고 나는 믿습니다.

오늘의 한국이 이만한 발전을 하고 국민이 이만한 살림을 하며 번영을 누리게 된 것도 오늘을 사는 우리들만의 힘이 아니라 포은 정몽주의 그 정신이 아직도 국민 속에 살아 있기 때문이 아닐까, 이것이 그날 내 강연의 요지입니다.

－〈파수꾼〉, 2011. 1. 24 ; 2011. 10. 16.

창 안에 켰는 촛불:
너와 내가 하나 되는 가연

한 남자와 한 여자가 결혼하여 하나가 되는 것은 오묘막측한 진리입니다. 그들은 하나가 될 수 있습니다. 아들딸을 낳으면 그들이 함께 가정을 이루고 하나가 되는 겁니다. 우리의 현실이 꼭 그렇다는 말은 아닙니다. 그러나 거기에 그 가능성이 있다는 사실은 누구도 부인하지 못할 겁니다. 동물적 욕정만 가지고는 '나'와 '너'는 하나가 되지 못합니다. 동물은 발정의 시기만 지나면 피차에 별 관심이 없는 것 같습니다. 사람은 그렇지 않습니다. 사람은 사랑하는 '너'를 위해 목숨을 버릴 수 있습니다. '나'만 고집하고 '나'만 살려고 몸부림치는 것은 인간이 아닙니다.

인간의 사랑은 본능만 가지고는 안 됩니다. 인간의 사랑은 예술입니다. '나'와 '너'는 서로를 존중하는 (사랑하는) '우리가'

되어 촛불처럼 탑니다. '너'와 '나'는 사랑하여 '하나'가 되어야 합니다. 사육신의 한 분인 이개[5]가 이렇게 읊었습니다.

창 안에 켰는 촛불 눌과 이별하였관대
겉으로 눈물 지고 속 타는 줄 모르는고
저 촛불 날과 같아여 속 타는 줄 몰라라

—〈파수꾼〉, 2014. 4. 7.

북소리 덩덩 울려:
인생을 어떻게 살 것이냐

성삼문(成三問, 1418~1456)은 이 처참한 삶의 마지막 고비에서도, 세상을 하직하는 시 한 수를 남겼습니다. 서양에서 장례 행렬을 할 때에도 북을 치는 관례가 있었습니다. 헝겊으로 덮어 씌운 북(muffled drum)은 두들기면 둔탁한 소리가 났을 겁니다.

북소리 덩덩 울려 사람 목숨 재촉하네	擊鼓催人命
고개를 돌려 바라보니 지는 해는 서산에	回頭日欲斜
황천길에는 여인숙 하나도 없다고 하니	黃泉無客店
이 밤을 뉘 집에 묵어 갈 건가	今夜宿誰家

---

5 이개(李塏, 1417~1456)는 조선조 초기 문신으로 훈민정음 제정에도 참여했다.

이 시 한 수에 매죽헌(梅竹軒) 성삼문의 진면목이 드러나 있습니다.[6] 북소리는 한창 살 나이인 38세 성삼문의 삶에 종말이 가까워옴을 일러 줍니다. 해는 바야흐로 서산에 넘어갑니다.[7] 황천 가는 길에 묵어 갈 여인숙이 있을 리 없건마는, 그는 이렇게 적은 시 한 줄에서 끝까지 삶의 멋을 우리에게 보여주었습니다.

"이렇게 왔다 이렇게 가는 것"이 인생입니다. 한 번 살고 끝나는 이 인생을 어떻게 살 것인가 하는 문제는 우리 각자에게 맡겨진 숙제입니다. '사육신'은 누구나가 갈 수 없는 멋진 인생길을 우리에게 보여주었습니다. 그 피가 오늘 이 땅에 살아 있는 우리들의 핏속에도 분명히 흐르고 있습니다.

—〈파수꾼〉, 2011. 10. 23.

---

6 그의 지극한 충절의 시조("수양산 바라보며 이제(夷齊)를 한하노라 / 주려 죽을 지언정 채미(采薇)를 하는 것가 / 아무리 풋새엇 것인들 그 뉘 땅에 낫더니")는 2011년 6월 5일자 〈파수꾼〉의 "사람들이 가장 원하는 것은?"에서 인유했다. " '인간에게 우선 필요한 것은 먹을 것이다'라는 주장을 잘못이라고 할 수 없습니다. 사람이 굶어 죽는 것보다 더 처참한 광경은 없습니다. 성욕은 참을 수 있습니다. 그러나 식욕은 참을 수 없습니다. 물론 백이·숙제와 같은 지사는 불의와 타협하기를 거절하고 수양산에서 굶어 죽었다고 전해지는데, 그런 인물은 역사에 매우 드물다고 하겠습니다. 보통 사람은 사흘만 굶으면 대개 도둑으로 돌변합니다. 굶주림으로 기진맥진하면 도둑질할 기운도 없을 겁니다."

7 이 대목은 테니슨의 〈사주를 넘어서〉의 "해는 지고 저녁별 반짝이는데, 날 부르는 맑은 음성 들려오누나"와 닮아 있다.

누가 대장부라 부르리오:
생사람 잡은 역사

한국의 역사를 공부하자면 가장 분통 터지는 한 가지 사실이 바로 중상과 모략입니다. 우리가 머리 좋은 국민임은 의심의 여지가 없습니다. 그러나 우리 사회에서는 그 머리 좋은 사람들이 죄 없는 사람들을 헐뜯고 모함하고 때로는 죽음으로 몰고 간 경우가 많았습니다. 억울하게 죽은 유능한 인재가 어디 한둘입니까.

남이(南怡, 1441~1468) 장군은 조국의 역사를 빛냈고, 또 더욱 빛낼 수 있었던 출중한 인물이었습니다. 문벌도 좋았습니다. 조선조 태종의 외손이었고, 세조의 사랑을 넘치게 받은 장군으로 알려져 있습니다.

그런데 세조의 뒤를 이은 예종이 남이 장군에 대해 호감이 없었다고 전해집니다. 비극은 그가 젊어서 읊은 시 한 수에서 비롯됐습니다. 호탕한 그의 포부를 피력했을 뿐인데 간사한 한 놈이 그의 시의 글자 한 자를 바꿔 놓았습니다. 뛰어난 머리를 가진 놈이 그 머리를 옳게 썼으면 나라가 이 꼴이 되었겠습니까.

장군의 시는 원래 다음과 같았습니다.

백두산 돌은 내 칼을 갈아 닳아 없어지게 하고	白頭山石磨刀盡
두만강 물은 말에게 먹여 없애리라	豆滿江水飮馬無
남아 이십에 나라를 평안하게 못하면	男兒二十未平國
후세에 누가 대장부라 부르리오	後世誰稱大丈夫

장군의 당당하고 활달한 기상이 잘 표현된 애국·충정의 훌륭한 시입니다. 그런데 이 시를 어떤 간악한 놈이 장군을 모함하기 위해 손질했습니다. 글자 한 자를 바꾸었습니다. 시의 3행 "남아 이십에 나라를 평안하게 못하면"(男兒二十未平國)에서 '평'(平) 자를 얻을 '득'(得) 자로 바꿔치기 했습니다. "나이가 스물이 되었어도 나라를 제 손에 넣지 못했다면 후세에 누가 저를 대장부라 하겠느냐"라는 뜻으로 완전히 바뀐 겁니다.

예종은 조사를 제대로 해보지도 않고 남이의 목을 쳤습니다. 그때 장군의 나이 스물일곱밖에 되지 않았습니다. 오늘 그 사실을 생각만 해도 분함을 참기 어렵습니다. 그것이 이 나라의 역사의 잘못된 부분입니다.

오늘도 한국인의 특기인 중상과 모략은 이 땅에서 여전히 되풀이되고 있겠지요. 중상은 무엇이고 모략은 무엇인가. 한마디로 하자면 생사람 잡는 겁니다. 그래서 그들을 향해 이렇게 한번 소리 지르고 싶습니다. "하늘이 무섭지 않은가"라고.

-〈파수꾼〉, 2010. 3. 13.

옥을 돌이라 하니:
양심을 가리는 어지러운 세상

"다이아몬드도 깎고 다듬지 않으면 제 빛을 나타낼 수 없다"는 속담이 있습니다. 그러나 조선조에서 대제학, 영의정을 지낸 선비 홍섬[8]은 이렇게 읊었습니다.

> 옥을 돌이라 하니 그리도 애달퍼라
> 박물군자博物君子는 아는 법 있건마는
> 알고도 모르는 체하니 그를 서러하노라

홍섬이 그 시대의 세태를 보고 답답한 자기의 심정을 토로한 것 같습니다. 분명히 그게 아닌데 그렇다고 우겨대는 인간들이 너무 많다는 겁니다. "박물군자(博物君子: 유식하고 물정에 밝은 사람들)가 있는 것은 사실인데 왜 양심의 눈을 가리고 '옥'을 '돌'이라고 하는가. 그래서 세상이 어지러운 것 아닌가!"

홍섬의 탄식소리가 내 귀에도 들리는 듯합니다. 오늘 우리가 사는 이 시대가 대제학 홍섬이 살던 그 시대와 닮은 것 같습니다.

―〈파수꾼〉, 2016. 8. 20.

---

8 홍섬(洪暹, 1504~1585)은 조선 중기의 문신으로 영의정을 지냈다. 아버지는 영의정 홍언필(洪彦弼), 어머니는 영의정 송일(宋軼)의 딸이다. 조광조(趙光祖)의 문인이었다.

태산이 높다 하되: 자수성가한 사람들

한 얌전한 중소기업의 책임자가 내 집에 찾아와 함께 점심을 먹으면서 이런저런 이야기를 한 적이 있습니다. 그런데 이 여자 사장이 얼마나 험난한 인생의 가시밭길을 헤치고 그 회사를 일으켜 오늘에 이르렀는지 그 이야기를 다 듣고 감탄하지 아니할 수 없었습니다.

그에게는 고등학교를 겨우 마친 얄팍한 학력밖에 없었습니다. 게다가 아버지를 일찍 여의고 어머니가 혼자 살림을 꾸리면서 식구들의 고생이 이만저만이 아니었습니다. 그 어머니마저 세상을 떠난 뒤에는 고아가 되어 생활전선에서 날마다 열심히 뛰었다는 것입니다. 그런 고생을 하면서도 이 여성은 기독교적 신앙심이 있어서 곁길로 빠진 일은 한 번도 없었답니다.

이 여사장의 성공담을 들으면서 나는 대한민국이 '좋은 나라', '기회의 나라'라고 생각하지 않을 수 없었습니다. 이 나라에 오늘의 대통령이 취임하기 이전에 열 분의 남성들이 경무대나 청와대의 주인이었습니다. 집안을 따진다면 처음 두 분, 이승만·윤보선 대통령만 양반집에 태어났고 나머지 여덟 분은 가문을 자랑할 것도 없는 가난한 집안에 태어난 듯합니다.

이런 사실들을 생각하면 나는 대한민국이야말로 '기회의 땅'

(*Land of Opportunity*) 이라는 느낌이 듭니다. 누구나 노력하면 성공을 거둘 수 있는 나라가 우리나라입니다. 불평과 불만은 아무런 열매도 맺을 수 없습니다. 옛날 교과서에 실렸던 시조 한 수[9]를 다시 되새겨 봅니다.

> 태산이 높다 하되 하늘 아래 뫼이로다
> 오르고 또 오르면 못 오를 리 없건마는
> 사람이 제 아니 오르고 뫼만 높다 하더라

힘들다고 포기하지 말고, 오르고 또 오릅시다. 에베레스트산을 정복한 뉴질랜드의 힐러리처럼, 대한민국의 고상돈처럼!

—〈파수꾼〉, 2015. 10. 28.

청풍은 값이 없고:
돈으로 살 수 없는 것

율곡(栗谷)과 같은 시대에 성혼(成渾, 1535~1598)이라는 선비가 있었습니다. 그는 불과 17세에 초시에 합격했으나 병 때

---

9 조선 전기의 문신이자 서예가인 양사언(楊士彦, 1517~1584)의 작품이다. 주부인 양희수(楊希洙)의 아들로 형 양사준(楊士俊), 아우 양사기(楊士奇)와 함께 글에 뛰어나 중국의 삼소(三蘇: 소식·소순·소철)에 견주어졌다. 아들 양만고(楊萬古)도 문장과 서예로 이름이 전해진다.

문에 벼슬길을 포기하고 학문의 길에 전념했습니다. 이후 낮은 벼슬자리에 오른 적은 있었으나 당쟁에 휘말려 그 자리마저 오래 지키지 못했습니다. 그런 성혼이 이런 시조를 한 수 남겼습니다.

말 없는 청산靑山이요 태態 없는 유수流水로다
값없는 청풍淸風이요 임자 없는 명월明月이라
이 중에 병 없는 몸이 분별없이 늙으리라

공기가 아주 나쁜 도시 생활에 지친 사람들을 버스에 태워 숲으로 가서 마음껏 맑은 공기를 마시도록 하고 몇 시간 후에 도시로 다시 데려다주는 영업을 하는 영리단체가 일본에는 있다고 들었습니다.

　　그러나 맑은 공기는 값을 요구하지 않습니다. 인간의 자유는 노력하고 싸워서만 얻는 것이지만, 청풍은 값이 없고 명월도 주인이 없습니다.

-〈파수꾼〉, 2017. 6. 11.

이보오 저 늙은이:
'저 늙은이'가 바로 나

10살이 좀 넘어 암송한 송강 정철(松江 鄭澈, 1536~1593)의
시조 한 수는 90여 년을 사는 동안 줄곧 나와 함께 있었습니다.
내용이 하도 쉬워 세월을 기다리지 않고도 잘 이해할 수 있었
습니다. 오늘 아침 혼자 일어나 앉아 이 시조를 되새겨 보니
감개가 더욱 무량합니다.

> 이보오 저 늙은이 짐 벗어 나를 주오
> 나는 젊었거늘 돌인들 무거우랴
> 늙기도 서러운데 짐을 조차 지실까

나와는 상관없는 '노인들'에 대한 당부라고만 알고 그 시조를
읊조렸는데 '저 늙은이'가 바로 나 자신이라는 사실을 깨닫고
약간 무안합니다. 이런 날이 올 것을 전혀 모르고 젊음을 자랑
하던 그날들이 다 가고 이제는 정말 초라한 노인입니다.

－〈파수꾼〉, 2017. 8. 19.

한산섬 달 밝은 밤에:
충무공 이순신이 있어

일본은 섬나라인지라 침략을 당해도 그 침략군은 배를 타고 바다로 왔고, 침략을 해도 바다로 배를 타고 올 수밖에 없었습니다. 1592년의 임진왜란도 일본군이 배를 타고 달려든 침략이었습니다.

13만 대군이 부산 앞바다에 달려왔을 때 선조와 그의 조정은 아무런 준비도 대책도 없었습니다. 그전에 율곡이 '10만 양병설'을 제시했었습니다. 그러나 일본이 쳐들어올 것이 분명하니 10만의 군대를 양성해야 한다는 이 선각자의 경고를 귀담아 듣는 이가 없었습니다. 9년의 세월이 흘렀지만 조정은 아무런 준비도 없이 고니시 유키나가(小西行長)의 선발대를 맞을 수밖에 없었습니다.

만일 하늘이 우리의 역사 속에 이순신(李舜臣, 1545∼1598)이라는 불세출의 영웅 한 사람을 보내주지 않으셨다면 오늘의 대한민국(Korea)은 없었을 것입니다. 주체성이 아직 확립되기 이전인 16세기 말에 우리 땅이 일본에 완전히 정복당했습니다. 우리나라가 영구히 일본 영토의 일부가 되어 지도에는 없는 나라가 될 뻔한 겁니다.

1910년 못난 지도자들 때문에 강제로 합방당했지만, 20세기에 들어선 '조선'은 주체성이 뚜렷한 민중을 가진 나라여서 오래 삼키고 있을 수가 없었기에 36년 만인 1945년 이 땅과 백성을 토해냈습니다. 오늘의 대한민국은 통일의 위업을 아직 이루지 못하였으나 세계의 주목을 받는 승승장구하는 나라입니다.

노량해전에서 장렬하게 전사한 성웅(聖雄) 이순신을 이 나라와 이 백성은 과연 제대로 모시고 대접하고 있는가, 걱정입니다. 광화문 사거리에 몸이 구리가 되어서 계신 이 어른의 탄식소리가 들리는 듯합니다.

한산섬 달 밝은 밤에 수루戍樓에 혼자 앉아
큰 칼 옆에 차고 깊은 시름하는 차에
어디서 일성호가一聲胡笳는 남의 애를 끊나니

그를 본받아, 그의 정신을 본받아, 이 위기, 이 국난을 극복해야 합니다.   — 〈파수꾼〉, 2011. 10. 27 ; 2012. 8. 27.

녹양綠楊이 천만사千萬絲인들: 만사는 때가 있는 법

벼슬이 대사헌을 거쳐 우의정·좌의정·영의정에 이른 이원익10이 가는 봄을 아쉬워하며 이렇게 읊었다고 전해집니다.

녹양이 천만사인들 가는 춘풍 매어두며
탐화봉접探花蜂蝶인들 지는 꽃을 어이하리
아무리 사랑이 중한들 가는 님을 어이하리

백화만발했던 봄은 가고 무성한 여름이 멀지 않았습니다. 인생에도 계절이 있듯 만사에는 때가 있는데 그때를 놓치면 그 기회는 영영 돌아오지 않는 법입니다. 　—〈파수꾼〉, 2009. 4. 14.

오늘은 찬비 맞았으니: 시대에 대한 한탄

조선조의 선비 중에 임제[11]라는 이가 있었습니다. 매우 호탕한 성격을 타고난 사람으로 나이 40을 넘기지도 못하고 요절하였다고 전해집니다. 그가 황진이의 무덤을 찾아가 "잔 잡고 권할

---

10 이원익(李元翼, 1547~1634)은 조선 중기를 대표하는 명신이다. 그는 87세로 매우 장수했고, 그런 까닭에 임진왜란(45세, 이조판서), 인조반정(76세, 영의정), 정묘호란(80세, 영중추부사) 같은 조선 중기의 중요한 사변을 모두 통과했다. 나이와 관직이 보여주듯이 그는 그 사건들의 중심에 있었다(출처:《인물한국사》).

11 백호 임제(白湖 林悌, 1549~1587)는 매우 단명했던 선비다. 그가 황진이의 무덤을 찾아가 이렇게 읊었다고 전해진다. "청초 우거진 골에 / 자는다 누웠는다 / 홍안을 어디 두고 / 백골만 묻혔는다 / 잔 잡고 권할 이 없으니 / 그를 서러하노라."

이 없으니 그를 서러하노라" 하고 읊은 시가 유명하지만, 이런
시를 또 하나 읊었다고 합니다.

> 북창北窓이 맑다커늘 우장雨裝 없이 길을 나니
> 산에는 눈이 오고 들에는 찬비로다
> 오늘은 찬비 맞았으니 얼어 잘까 하노라

이 시조가 그가 살던 시대를 못마땅하게 여겨 읊은 것 같기도 하
고 일설에는 한우(寒雨, 찬비)라는 이름의 기생이 있었다는데
그 기생을 찾아간 자기변명 같기도 하여 알쏭달쏭합니다.

임제는 세상을 떠나려 할 때 식구들이 모여 앉아 통곡하는
소리를 듣다 못해 벌떡 일어나 이렇게 한마디 하고 숨을 거두었
다고 합니다. "이 작은 나라에서 태어나 황제 소리 한번 못해 보
고 살다 가는 이 몸을 보내면서 울기는 왜 우느냐?"고 소리를
질러 임제의 후손들은 집안의 어른이 세상을 떠나도 절대로 곡
을 하지 못한다는 말을 그의 후손에게서 들은 적이 있습니다.[12]

---

12 이른바 〈물곡사〉(勿哭辭)이다. "사방팔방의 오랑캐들은 저마다 황제국이라 칭
하는데 / 유독 조선만이 기어들어가 중국을 주인으로 섬기고 있을 뿐이라 / 내
살아 무엇하리 내 죽은들 어떠하리 / 울지 말거라."(四夷八蠻皆呼稱帝 / 惟獨朝
鮮入主中國 / 我生何爲我死何爲 / 勿哭) 조선시대 지리서 《택리지》(1751)를 지
었던 이중환(李重煥, 1690~1756)도 "서융북적(西戎北狄), 동호여진(東胡女眞)
이 중국의 한족을 밀어내고 다 한 번씩 황제가 되었는데 우리만 이것을 하지
못했다"고 한탄했다.

오늘 세상이 매우 어지럽다고 한탄하는 사람들이 상당히 많습니다. 산에는 눈이 오고 들에는 찬비가 내리는 기막힌 현실이라는 생각도 듭니다. 풍류객 임제는 기생의 품을 찾아가 한밤을 지새웠는지는 모르겠으나, 오늘을 사는 우리들에게는 위로받을 길이 전혀 없는 것 같습니다. 돌변하는 남북관계는 이대로 안심할 수 있는 것인지 아니면 뜻하지 않은 재앙이 우리들을 기다리는 것인지 분간하기 어렵습니다.

이 겨레가 다 우러러볼 수 있는 큰 스승이라도 살아 계시다면 그 어른의 얼굴이라도 바라볼 수 있으련만 오늘 우리에게는 그런 '큰 얼굴'조차 보이지 않습니다.　　　　－〈파수꾼〉, 2018. 4. 17.

고신원루孤臣寃淚를 비 삼아:
충신의 피눈물

백사 이항복(白沙 李恒福, 1556~1618)은 선조 때 영의정 자리까지 올랐지만, 본디 당쟁에 초연코자 힘쓰는 가운데 억울한 일도 많이 당했습니다.

　철령 높은 봉에 쉬어 넘는 저 구름아
　고신원루를 비 삼아 띄워다가
　님 계신 구중심처九重深處에 뿌려본들 어떠리

광해군의 폐모(廢母)를 반대하다 함경도 북청으로 귀양 가면서 이 시조를 한 수 읊었다고 전해집니다. 그는 귀양 갔던 북청에서 세상을 떠났습니다.

철령은 강원도 회양에 있는 무척 높은 고개이고, '고신'은 외로운 신하, '원루'는 원한의 눈물, '구중심처'는 임금님 계신 궁성입니다. 억울한 누명을 쓰고 유배되는 충신의 피눈물 나는 하소연으로 들립니다. 뒤에 이 시조를 읽고 광해군도 눈물을 흘렸다고 합니다.

-〈파수꾼〉, 2017. 7. 24.

풍파에 놀란 사공:
일하며 사랑하며

사람은 누구나 일을 해야 밥을 먹습니다.[13]

> 풍파에 놀란 사공 배 팔아 말을 사니
> 구절양장九折羊腸이 물도곤 어려왜라
> 이후란 배도 말도 말고 밭갈기만 하리라

---

13 조선조 명종과 인조 연간에 대사간 등 여러 벼슬을 거친 장만(張晩, 1566~1629)의 작품이다. 인조반정에 공을 세우고 이괄의 난을 평정하여 원훈(元勳)이 되었다. 장만은 문무겸비의 관리로 시문도 잘 지었다.

본디 농사짓던 농군이 좀 쉬운 일을 해보려고 배를 사서 사공 노릇을 시작했더니, 강풍이 불어서 배가 뒤집힐 것만 같았습니다. 그래서 사공은 그 배를 팔고 말 한 필을 사서 마부 노릇을 하게 됐습니다.

그러나 그 꼬불꼬불한 산길에 말을 몰고 다니는 일이 또한 쉬운 일이 아니었습니다. "내가 하던 농사일을 하는 것이 사공이나 마부가 되는 것보다 좋겠다"는 생각이 들어 다시 농부가 되었다는 이야기입니다.

부잣집에 태어나서 밥벌이를 해본 적이 없다는 사람도 더러 있지만, 대개는 이마에 땀을 흘리며 일을 하면서 먹고살게 됩니다. 나이가 들어서 정년퇴직하여 연금으로 사는 사람들도 있지만, 연금이 없으면 늙었어도 일을 해야 먹고삽니다.

나는 이 나이가 되었어도 계속 글 쓰고 강연하여 생활비를 마련하고 그것으로 즐겁게 살아갑니다. "그렇게 벌어서 먹고 남는 돈으로 무얼 하는가?" 물으면 내 답은 "이웃을 사랑하기 위해 아낌없이 씁니다"라는 한마디뿐입니다.

'사랑'처럼 쉬운 '예술'은 없습니다. 타고난 천재가 없어도 가능한 예술은 사랑뿐입니다. 나는 사랑하기 위해 일합니다.

—〈파수꾼〉, 2017. 2. 13.

선비의 벗 다섯:
아호도 '외로운 산'

고산 윤선도(孤山 尹善道, 1587~1671)는 과거에 장원급제하여
벼슬길에 올랐으나 사색당쟁이 살벌한 분위기 때문에 귀양살
이로 그 좋은 세월을 다 보낸 선비입니다. 그는 다만 시작(詩
作)에 몰두하여 서글픈 마음을 시로 달랬습니다.

내 벗이 몇이나 하니 수석水石과 송죽松竹이라
동산에 달 오르니 기 더욱 반갑고야
두어라 이 다섯밖에 또 더해 무엇하리

이 시조 한 수는 〈오우가〉(五友歌)라 하여 오늘도 사람들이 즐
겨 읊조립니다. 물과 돌, 솔과 대(竹)에다가 동산에 떠오르는
달을 벗으로 삼고 자연과 더불어 살겠다는 뜻입니다.

　해남을 떠나 대흥사 가는 길에 윤선도의 옛집이 그대로 있
는데 '가헌'(家憲)에 따라 장손이 대대로 그 댁을 지킵니다. 오
늘의 주인이 연세대 국문과 출신이어서 나도 그 집에 한두 번
들러본 적이 있습니다. 어르신께서 가꾸시던 비자나무 숲이
아직 그대로 있어서 해마다 수익이 적지 않다고 들었습니다.
따님 한 분도 연세대에 다녀서 학생 시절의 그를 내가 가르친
적이 있습니다.

윤선도는 친구가 다섯뿐이었는데 모두가 사람은 아니고 수석과 송죽과 명월뿐이었으니 참으로 외로운 삶이었을 것입니다. 그래서 아호도 '외로운 산'(孤山)이라고 했나 봅니다.

나의 학창시절부터 이 선비는 나의 스승이셨고 친구이기도 하였습니다. 우리 역사에 윤선도가 없었으면 김동길도 존재하지 못하였을 것이라고 나는 오늘도 믿고 있습니다.

—〈파수꾼〉, 2017. 7. 10.

꽃은 무슨 일로 쉬이 지고: 다 덧없는 한때

사계절 중에서 가을은 유난히 사람의 마음을 쓸쓸하게 만드는 듯합니다. 고산 윤선도의 시조 한 수를 이 가을에 한번 읊어 보시지요.[14]

꽃은 무슨 일로 피여서 쉬이 지고
풀은 어이하여 푸르는 듯 누르나니
아마도 변치 아닐손 바위뿐인가 하노라

---

14 "'아 가을인가'라는 제목으로 해마다 짧은 글을 한 편씩 썼습니다. 가수 김정구가 즐겨 부르던 〈눈물 젖은 두만강〉의 3절을 지금도 기억합니다. '님 가신 강 언덕에 단풍이 물들고 / 눈물진 두만강에 밤새가 울면 / 떠나간 내 님이 보고 싶어요.'"—〈파수꾼〉, 2015. 8. 31.

이 시조 한 수는 인생의 무상함과 허무함을 읊은 것이 사실입니다. 젊음이 늘 있습니까. 미인이 언제나 미인입니까. 누구는 한때 젊지 않았던가요. 나도 머리에 흰 머리카락이 한 오라기도 없었습니다. 그 검은 머리가 숱도 많고 웨이브도 있어서 보기 좋았는데 오늘은 내 머리에 흰 서리뿐입니다. 돋보기를 안 쓰고는 책을 못 읽는 노안이 된 지도 오랩니다.

미인도 별수 없습니다. 절세미인으로 알려졌던 여인도 솔솔 불어오는 가을바람에 그 미인의 눈언저리에 잔주름이 생기기 시작하면 '미인 끝'. 주름 잡힌 미인이 어디 있습니까. 다 덧없는 한때의 자랑일 뿐, 가을바람을 이기기는 어렵습니다.

―〈파수꾼〉, 2010. 1. 9.

외기러기는 울고울고: 부모 잃은 슬픔

나이가 들면서 깨닫게 된 한 가지 사실은, 남녀의 사랑보다 부모에 대한 사랑이 더 깊은 곳에 자리 잡고 있다는 것입니다. 고산 윤선도가 이렇게 읊었습니다.

산은 길고길고 물은 멀고멀고
어버이 그린 뜻은 많고많고 하고하고
어디서 외기러기는 울고울고 가나니

나이가 많아도 부모 잃은 슬픔은 언제나 가슴속에 남아 있습니다.

―〈파수꾼〉, 2015. 5. 11.

청산도 절로절로:
조용히 떠납시다

우리는 어디서 와서 어디로 가는지를 모릅니다. 부모가 우리를 낳아 주셔서 이 땅에서 잠시 살다가 어디론가 떠나갑니다. 그런데 어디로 가는지를 분명하게 아는 사람은 없습니다. 그러나 떠나야 하는 것만은 어김없는 사실입니다.

청산靑山도 절로절로 녹수綠水도 절로절로

산 절로 수 절로 산수 간에 나도 절로

이 중에 절로 난 몸이 늙기도 절로절로

송시열(宋時烈, 1607~1689)이 읊었다고 전해지는 이 시조 한 수[15]에 심오한 진리가 담겨 있건만, 현대인은 이런 삶의 지혜를 무시하고 늙는 것도 매우 요란하게 겪다가 매우 요란하게 떠납

---

15 "늙었으면 늙은 대로" 제하의 2011년 8월 8일자 〈파수꾼〉에는 "명종 때 선비하서 김인후(河西 金麟厚, 1510~1560)가 이렇게 읊었습니다"라고도 적었다. 인터넷에 오른 블로그 등에도 작자로 두 사람 이름이 나온다.

니다. 장례식장은 왜 그렇게 요란스럽습니까.

— 〈파수꾼〉, 2014. 3. 14.

여태 아니 일어나냐:
허튼 방송

> 동창東窓이 밝았느냐 노고지리 우지진다
> 소 치는 아해는 여태 아니 일어나냐
> 재 넘어 사래 긴 밭을 언제 갈려 하느냐

남구만(南九萬, 1629~1711)은 강직한 선비로서 좌의정을 거쳐 숙종 때 영의정에 올랐지만 당파 싸움 때문에 귀양살이를 해야만 했던 풍운의 사나이입니다. 그의 이 시조 한 수는 오늘의 젊은이들에게 귀중한 교훈이 된다고 믿습니다.

이 나라의 방송매체는 도대체 누굴 위해, 무엇을 위해 있는 겁니까. 방송 사주들이 돈 벌기 위해 있습니까. 다만 국민을 타락시키기 위해서 있는 겁니까. 드라마의 대부분은 불륜이 주제이고 젊은 남녀가 술 마시는 것을 권장하기 위해 각종 프로그램이 만들어진다는 오해를 면하기 어렵습니다. 돈 안 드는 프로그램을 만들다 보니 유치한 것밖에는 할 수가 없다는 말도 들었습니다. 국가의 예산을 세우는 사람들도 반성해야지, 방송이 국민 교육에 미치는 영향이 얼마나 큰데, 이날까지

속수무책, 수수방관한다는 것도 언어도단입니다.

이웃나라 일본 NHK의 아침 방송을 보세요. 그 나라에도 한심한 프로그램이 더러 있지만 우리 같지는 않고, 아침 연속극에는 불륜의 그림자도 없습니다. 유부녀가 또는 유부남이 놀아나는 장면이나 줄거리는 당국이 절대 용납을 안 한다고 들었습니다. 한국 방송의 반성을 촉구합니다.

―〈파수꾼〉, 2010. 1. 7 ; 2016. 7. 9.

흙이라 하는고야:
남의 잘못만 따지지 말고

윤두서(尹斗緖, 1668~1715)는 고산 윤선도의 증손입니다. 벼슬보다는 서화(書畫)로 역사에 기록된 인물입니다.

> 옥에 흙이 묻어 길가에 버렸으니
> 오는 이 가는 이가 흙이라 하는고야
> 두어라 아는 이 있을 거니 흙인 듯 있거라

나는 이 시조를 대할 때마다 왜 그런지 조선조의 당쟁을 연상하게 됩니다. 사색당쟁은 인물을 키우지 못했습니다. 오히려 성한 사람을 병신으로, 선량한 사람을 악인으로, 똑똑한 사람을 바보로 만들었습니다.

옥에 흙을 묻혀 흙덩어리를 만들어 길가에 버리니 지나가던 사람들은 그것이 흙덩어리인 줄 알고 거들떠보지도 않습니다. 그런 광경을 상상하면 흡사 유능한 인재가 고약한 사람들 때문에 일자리를 못 찾아 입에 풀칠도 하지 못하는 참혹한 상황을 생각하게 됩니다. 오늘의 우리나라 정치는 어떠한가, 걱정됩니다.

－〈파수꾼〉, 2017. 9. 12.

서리 치니:
때를 놓치지 말아야

내 친구 한 사람이 일전에 정읍 내장산의 단풍을 보고 크게 감탄하였답니다. 그는 반세기가 넘도록 미국에 살면서 보스턴 근교의 단풍을 해마다 보았으련만 내장산의 단풍에 그토록 감탄한 것은 아마도 때를 맞추어 절정에 이른 단풍구경을 할 수 있었기 때문일 겁니다.

> 설악산 가는 길에 개골산 중을 만나
> 중더러 묻는 말이 풍악楓嶽이 어떻더냐
> 요사이 연하여 서리 치니 때맞았다 하더라

조명리(趙明履, 1697~1756)는 영조 때 선비로 벼슬이 판서를 넘지 못하였으나 학자로서의 공적은 적지 않았습니다. '시의적절'

(時宜適切)이라는 사자성어가 있습니다. 만사는 때를 맞추어야 제 구실을 하고 효과를 얻을 수 있다는 말입니다. 일의 순서를 합리적으로 잡지 못하면 큰일을 그르칠 수도 있습니다.

대한민국이 '친북'으로 나갈 수 없고 '친중'으로 노선을 당장 바꿀 수도 없습니다. 지금의 국제 정세가 그럴 수 있는 선택의 자유를 용납하지 않습니다. 우리가 한번 때를 무시하고 헛발을 디디면 우리의 생존이 위기에 처할 수도 있습니다.

―〈파수꾼〉, 2017. 11. 14.

낙환들 꽃이 아니랴: 겉멋이 들어서 걱정

멋을 찾고 멋을 지니는 것은 문화를 가진 인류의 아름다움입니다. 야만인은 멋을 모릅니다. 아직도 아프리카나 남미의 정글에 사는 원시인들은 급소만 가린 벗은 몸으로 먹을거리를 찾아 괴성을 지르며 뛰어다닙니다.

문화가 없고 따라서 멋이 없습니다. 조선조의 어떤 선비[16]가 이렇게 읊었습니다.

---

16 작자 정민교(鄭敏僑, 1697~1731)는 《청구영언》의 서문을 쓴 시인 내교(來僑)의 아우다.

간밤에 불던 바람 만정도화滿庭桃花 다 지것다
아해는 비를 들어 쓸으려 하는구나
낙환들 꽃이 아니랴 쓸어 무삼하리오

지난밤에 바람이 불어 뜰에 가득히 피었던 복사꽃이 다 떨어졌다. 사동은 빗자루를 들고 떨어진 꽃을 쓸어버리려 하는구나. 사동아, 떨어진 꽃은 꽃이 아닌가, 쓸어선 안 될 일 아닌가. 이 시조 한 수에 담긴 한국인의 멋은 우리에게 긍지를 심어 줍니다.

　이른 봄 산에 나무하러 간 총각이 나뭇단을 하나 크게 만들어 가지고 거기에 진달래꽃 한 가지를 꺾어 꽂아서 지고 산을 내려오면서 버들피리를 꺾어 불면서 춤을 추던 때가 있었습니다. 지구상의 어떤 민족이 이만한 멋과 여유를 지녔겠습니까.

－〈파수꾼〉, 2013. 7. 12 ; 2017. 4. 15.

맵고 쓴 줄 몰라라:
기나긴 고통의 세월

영조 때의 가인 이정신[17]이 이렇게 읊었습니다.

---

17 이정신(李廷藎, 1685~1737)은 영조 때의 문신이자 가객(歌客)이다. 이 시조는 2016년 9월 30일자 〈파수꾼〉에서 "초연한 모습으로"라는 제목의 글에도 인용되었다.

매암이 맵다 울고 쓰르라미 쓰다 우니
산채를 맵다는가 박주를 쓰다는가
우리는 초야에 묻혔으니 맵고 쓴 줄 몰라라

매미와 쓰르라미가 어떻게 다른지 잘 모릅니다. 우리가 익숙한
것은 매미 소리뿐입니다. 박주산채(薄酒山菜)란 말이 있습니
다. 맛없는 술과 변변치 않은 산나물로 손님을 대접할 때 주인의
겸손한 말투라 하겠습니다.

　매미에 관한 어떤 기록을 읽어 보니 매미야말로 매우 고상
한 곤충임을 알게 되었습니다. 우리는 매미의 울음소리를 넋
을 잃고 들으면서도 매미가 겪은 기나긴 고통의 세월은 잘 모
릅니다.[18]

　매미는 땅속에서 보통 4년 내지 7년의 세월을 유충으로 살
아야 하는데, 종류에 따라서는 12년을 유충으로 숨어 있다가
번데기가 되고 탈피하여 성충으로 변신, 여름 한철만 활기찬

---

18 "매미의 슬픈 노래는 나로 하여금 셸리(P. B. Shelley, 1792~1822)
　의 〈종달새에게〉 한 연을 생각나게 했습니다. '우리는 앞뒤를 돌아다
　보며 / 있지도 않은 그 무엇을 그리워하네 / 우리들의 가장 진실한 웃
　음에도 / 말 못할 고통이 스며 있고 / 우리들의 가장 아름다운 노래들
　또한 가장 슬픈 생각을 말하여 주네.'(We look before and after, /
　And pine for what is not; / Our sincerest laughter / With some
　pain is fraught; / Our sweetest songs are those that tell of saddest
　thought)" — 〈파수꾼〉, 2017. 8. 11.

생을 살다가 여름이 가면 매미의 삶도 끝이 나고 만답니다.

—〈파수꾼〉, 2017. 8. 11.

꿈에 뵈는 님이:
민초들의 크고 아름다운 꿈

수원 기생 명옥(明玉, 18세기 후반 여인)의 작품이라고도 하고
평양 기생 매화(梅花)의 작품이라고도 하는 이 시조 한 수에는
한 여인의 애달픈 그리움이 담겨 있습니다. 그 애달픔이 곧 그녀
의 사랑이고 꿈이라고 여겨집니다.

> 꿈에 뵈는 님이 신의信義 없다 하건마는
> 탐탐貪貪이 그리울 제 꿈 아니면 어이 뵈리
> 저 님아 꿈이라 말고 자로자로 뵈시소

꿈이 결코 허무한 것이 아닙니다. 꿈이 있었기에 우리들의 조상
은 수십만 년, 수백만 년 이 지구상에서의 고달픈 삶을 씩씩하게
이어갈 수 있었고, 그 꿈 덕분에 오늘의 우리가 이만한 생활을
영위할 수 있다고 믿습니다. 꿈은 우리를 살리고 키우는 큰 힘을
지니고 있습니다.

서민 대중의 꿈이 따로 있고 지도층 인사들의 꿈이 따로 있

다고 믿습니다. 하루 세 끼 밥을 먹기도 어려운 사람들의 꿈은 의식주에 국한된 것으로 잘못 아는 사람들이 많은데 사실은 민초들의 꿈이 그보다 크다는 사실을 지도층은 알아야 합니다.

그러나 따지고 보면 민초는 "나라가 잘돼야 우리도 잘살 수 있다"고 믿기 때문에, 밤낮 자기와 자기 집안이 번창하기만을 바라는 너절한 꿈밖에 없는 지도층 인사들의 한심한 꿈보다 차원이 높습니다.　　　　　　　　　　　　　　　－〈파수꾼〉, 2010. 1. 28.

춘설이 난분분하니:
봄 같지 않은 한반도

평양 기생 매화가 이렇게 읊었다고 전해집니다.

> 매화 옛 등걸에 봄철이 돌아오니
> 옛 피던 가지에 피엄직도 하다마는
> 춘설이 난분분하니 필동말동 하여라

3월도 다 가고 4월이 멀지 않은데 '반가운 매화'가 피었다는 소식은 아직 나에게 없습니다. 어쩌자고 계절이 제정신이 아니고 날씨가 망령기를 벗어나지 못하고 있습니까?

이승만이 나라를 세우고 박정희가 '보릿고개'를 이겨냈습니다. 공산주의로 세계를 하나 되게 할 수 있다는 망상에 사로잡힌 인간들이 38 이북의 김일성과 인민군으로 하여금 적화통일을 위해 남침을 감행케 하였습니다. 그들을 휴전선 북으로 내몰고 대한민국은 불안한 근대화에 박차를 가했습니다.

우리가 이겼습니다. 그런데 아직도 북의 김씨 왕조는 한반도의 적화통일을 꿈꾸고 추진하고 있습니다. 그래서 아직은 봄눈이 흩날리고 매화는 피지 못하는 것이 아닐까요?

—〈파수꾼〉, 2009. 8. 18 ; 2017. 3. 27.

물은 옛물 아니로다: 남북 통틀어 남녀 인걸이 드물다

오늘에 이르러는 남과 북을 통틀어 여걸도 남걸도 찾아보기 어려운 듯합니다. 모두가 박색(薄色) 추녀(醜女)는 아니겠지만 황진이 같은 여인은 찾아보기 힘들 듯합니다.

> 산은 옛산이로되 물은 옛물 아니로다
> 주야에 흐르니 옛물이 있을소냐
> 인걸人傑도 물과 같아여 가고 아니 오노메라

황진이의 작품이라고 전해집니다. 다시 읊조리는 우리들의 가슴이 흐뭇하기도 합니다. —〈파수꾼〉, 2013. 6. 10.

명월 황진이는 글재주도 뛰어난 절세의 미인이었다고 합니다. 명월은 지족선사(知足禪師)를 파계시켰으나 서화담(徐花潭)은 그렇게 하지 못했다는 말도 있습니다. 서화담도 원효처럼 정말 큰 인물이 되려면 한번 황진이에게 빠져서 신세를 망치는 일이 있었어야 했는데!

— 〈파수꾼〉, 2010. 12. 2.

먼뎃 개 짖어 운다: 그대는 무엇을 찾는가?

천금(千錦)이라는 기생이 이렇게 읊었습니다.

> 산촌에 밤이 드니 먼뎃 개 짖어 운다
> 시비柴扉를 열고 보니 하늘이 차고 달이로다
> 저 개야 공산空山 잠든 달을 짖어 무삼하리오

개가 '공산 잠든 달'에 무슨 관심이 있겠습니까? 개 눈에 보이는 것은 '똥'뿐인데! "그대는 무엇을 찾는가?"라고 내가 묻습니다.

그 '무엇'이 모든 인간의 삶의 방향을 결정한다고 믿습니다. 애인과 함께 현해탄에 몸을 던졌다는 가수 윤심덕의 애절한 노랫소리가 돌려옵니다. "황막한 광야를 헤매는 인생아, 너는 무엇을 찾으러 왔던가" '돈'입니까? '명예'입니까? 술집여자와의 '사랑'입니까? 모두가 덧없는 것입니다.

안중근이 목숨을 걸고 찾은 것은 '나'가 아니고 '나라'였습니다. '나'보다 천 배 만 배 위대하고 소중한 것이 '나라'입니다. '돈'이나 '명예'를 찾아 헤매지 말고 나라를 찾으세요. 시궁창에서, 쓰레기통에서 그대는 무엇을 찾노라 혈안이 되었습니까?

그대의 사랑을 목마르게 기다리는 '조국'이 있습니다. 먼저 대한민국을 사랑하는 것이 사실은 당연한 일입니다. 5천만 동포가 모두 대한민국을 찾고 만세를 부르면 곧 통일도 되고 한반도가 세계 평화의 '허브'가 될 것입니다.

— 〈파수꾼〉, 2015. 2. 11.

우리 한 번 죽으면: 생로병사가 꿈같으니

누구의 일생이나 다음 한마디로 요약할 수 있습니다. "이 세상에 태어나 고생하며 살다가 늙고 병들어 마침내 죽었다."

〈허사가〉[19]의 시작은 이렇습니다.

---

19 〈허사가〉(虛事歌)는 일반 대중의 구전민요로 불리던 노래다. 이명식(李明植, 1890~1973) 목사가 성가 복음송으로 개사하여 1950년대에 즐겨 부르는 복음송으로 널리 알려졌다.

세상만사 살피니 참 헛되구나
부귀공명 장수는 무엇하리오
고대광실高臺廣室 높은 집 문전옥답門前沃畓도
우리 한 번 죽으면 일장의 춘몽

인생이 이렇지 않다고 손들고 나올 사람은 한 사람도 없을 것 같습니다. 이것이 모든 인생의 실상이라는 엄연한 사실은 그 누구도 부정할 수 없을 겁니다.

우리는 자기 뜻으로 이 세상에 온 것이 아닙니다. 꼭 부모의 뜻이었다고 할 수도 없습니다. 아마도 "하늘의 뜻이었다"고 하는 것이 가장 무난한 답일 것 같습니다. "고생을 사서 한다"라는 속담이 있지만 '사서' 하지 않아도 사람은 누구나 고생하며 살기 마련입니다. 밥벌이도 어렵고, 그런 과정에서, 자존심을 지키고 살기도 여간 어려운 일이 아닙니다.

−〈파수꾼〉, 2014. 4. 4.

왕검성에 달이 뜨면: 내 고향 유적지

1938년이나 1939년경, 내가 살던 동네에 장님 한 분이 나타났는데 당시 평양고보에 다니던 형들이 그 장님을 초대해 몇 번 강의를 들었습니다. 나는 초등학생이었지만 형들 틈에 끼어 그

분의 말을 귀담아 들었습니다. 물론 강론의 내용은 잘 알 수 없었습니다. 그 장님은 '사상범'이었는데, 당시 '사상범'은 독립운동을 하다가 붙잡혀 간 사람이라고 인식되던 시절이었습니다.

그때 어린 내가 뜻도 모르고 암송했던 시 한 수가 〈왕검성(王險城)에 달이 뜨면〉입니다. 당시의 나로서는 매우 어려운 시였으나, 나이 90이 된 오늘도 기억하고 있습니다. 어려운 낱말들의 뜻은 내가 자라면서 깨달아 알게 되었습니다.

왕검성에 달이 뜨면 옛날이 그리워라
영명사永明寺 우는 종은 무상無常을 말합니다
흥망성쇠 그지없다 낙랑樂浪의 옛 자취
만고풍상 비바람에 사라져 버렸네

패수浿水야 푸른 물에 이천 년 꿈이 자고
용악산龍岳山 봉화불도 꺼진 지 오랩니다
능라도 버들 사이 정든 자취 간 곳 없고
금수산 오르나니 흰 옷도 드물어라

우뚝 솟은 모란봉도 옛 모양 아니어든
흐르는 백운탄白雲灘이라 옛 태돈들 있으랴
단군전에 두견 울고 기자묘에 밤비 오면
옛날도 그리워라 추억도 쓰립니다

왕검성은 고조선의 도읍지인 평양을 가리키는 말이고 패수는 청천강이라는 주장도 있지만, 내가 알기로는 평양 도성에 흐르는 대동강을 일컫는 것입니다. 단군전도 기자묘도 어려서 찾아보던 내 고향의 유적지입니다. 내가 이 시를 암송하면 모든 나이 든 동문들이 심각한 표정을 짓습니다.

－〈파수꾼〉, 2017. 10. 20.

내 심은 탓인지: 마음대로 안 되는 세상

작자가 누구인지 밝혀지지 않은 이 시조 한 수는 우리들의 인생을 말해 주는 듯합니다.

> 벽오동碧梧桐 심은 뜻은 봉황을 보렸더니
> 내 심은 탓인지 기다려도 아니 오고
> 밤중에 일편명월一片明月만 빈 가지에 걸렸애라

쉽게 풀이하면 이런 뜻입니다. 봉황새는 오동나무를 찾는다는 전설이 있어 봉황을 보려고 벽오동을 한 그루 심었습니다. 그러나 이 못난 사람이 심은 탓인지 봉황은 날아오지 아니하고 한밤중 한 조각 밝은 달이 오동나무 빈 가지에 걸려 있을 뿐입니다.

결혼으로 소원 성취한 사람이 이 지구상에 과연 몇이나 될 것입니까? 오죽하면 결혼한 상대를 배우자(配偶者), 즉 '우연히 배당받은 사람'이라고 하였겠습니까? 100% 만족스러운 결혼상대가 지구상에 몇이나 될 것입니까? 아들딸은 마음대로 되었습니까?

그토록 되고 싶었던 대통령을 하루도 해보지 못하고 저세상으로 떠난 정치인은 부지기수입니다. 재벌이 되고 싶었던 꿈을 모두가 이루었다면 우리나라에도 재벌이 백만 명은 될 것입니다. 또 노벨상을 꿈꾸는 과학자도 많고 문인도 많습니다.

그런 줄 알고 벽오동을 심지도 않는 사람이 훌륭한 사람이라고 나는 생각하지 않습니다. 그래도 봉황을 보기 위해 벽오동을 심는 사람들이 있어야 세상은 살 만한 세상이 될 것입니다.

　　　　　　　　　　　　　　　　　　　　　　－〈파수꾼〉, 2017. 6. 9.

사랑이 어떻더냐?: 끝간 데 몰라라

작자 미상의 이런 시조가 한 수 있습니다.

　사랑이 어떻더냐 둥글더냐 모나더냐
　길더냐 짧더냐 밟고 남아 자ㄹ일러냐
　하 그리 긴 줄은 모르되 끝간 데를 몰라라

사랑을 준 적도 받은 적도 없는 사람에게 "사랑이 어떻더냐?"고 묻는 것은 실례라고 하겠습니다. 사랑의 경험이 전혀 없는 사람에게 사랑에 관한 질문을 한다면 대답할 수 없기 때문입니다.

사랑은 누구에게서 먼저 배우게 되는가? "아버지·어머니에게서"가 정답일 겁니다. 그래서 부모의 사랑을 전혀 모르고 성장한 사람들을 세상에서 가장 불행한 사람들이라고 합니다. 또 문명한 나라의 종교들은 고아를 돌보는 일에 정성을 쏟습니다.

그러나 사람은 어느 나이가 되면서부터 이성에 대한 사랑으로 뜨거워집니다. 이런 처지에 놓인 젊은 남녀는 눈에 보이는 게 없습니다. 치정(癡情)은 정상적인 사랑이 아니고 일종의 열병이기 때문에 올바른 치료를 받지 못하면 그 열병 때문에 신세를 망칠 수도 있습니다.

그런데 나는 부모의 사랑도, 이성의 사랑도 모두 '이웃사랑'을 익히기 위한 준비에 지나지 않는다고 생각합니다. 부모도 떠나고 애인도 떠나고 사람은 노년을 맞이하게 됩니다. 부모의 사랑도 이성의 사랑도 아득한 추억으로만 가슴 한구석에 남아 있을 때 이웃에 대한 사랑이 늙은이들의 초라한 삶을 매우 활기차게 밀어 줍니다.

어제도 오늘도 내일도 별로 멀지 않은 곳에 자리 잡고 있습니다. 사랑만이 '영원'(Eternity)을 느끼게 하는데 '이웃사랑'

이 특히 그렇습니다. '영원'은 오늘 하루에 있다고 나는 믿습니다. 이웃을 사랑하면 율법(律法)도 즐겁습니다.

—〈파수꾼〉, 2017. 8. 12.

남의 말 내 하면 남도: 남의 말 하지 않기

작자 미상의 이런 시조가 한 수 전해집니다.[20]

> 말하기 좋다 하여 남의 말 하는 것이
> 남의 말 내 하면 남도 내 말 하는 것이
> 말로써 말이 많으니 말을 말까 하노라

'말 많은 세상'이라는 말도 있습니다. 말을 많이 하는 사람은 말을 많이 하지 않는 사람에 비해 '말실수'를 할 확률이 높습니다.

---

20 "어느 임금 때 어느 선비가 읊은 시조인지 알 길은 없지만 출처는 《진청》(珍青)이랍니다. 작자는 우리말 구사의 천재임이 틀림없고 그 내용 또한 해학적이면서도 의미가 심장합니다. 남 말하기 좋아하는 속인들을 꾸짖는 교훈이 담겨 있어 더욱 자랑스럽기도 합니다. 남의 말을 한다는 것이 따지고 보면 남의 흉을 보는 것이죠. 영어로 가십(gossip)이라는 것이 대개 그런 것 아닙니까. 남의 말을 좋게 하는 사람은 별로 없고 대체로 남의 약점이나 결점이나 비행(非行) 비슷한 것을 말하기 좋아하는 사람들이 많습니다." —〈파수꾼〉, 2016. 7. 26.

예로부터 말 한마디 잘못하여 화를 입은 선비들도 많습니다. 그런 재앙을 '설화'(舌禍)라고 합니다.

옛날부터 '필화'(筆禍)라는 말도 있었습니다. '혀'만 무서운 게 아니라 '붓'도 무서운 것이어서 붓 한 번 잘못 놀렸다가 패가망신한 사람들도 있었습니다. 이 시대는 인쇄물의 홍수일 뿐 아니라 인터넷, SNS의 홍수라 잘못된 말과 글이 난무하는 시대라고 가히 말할 수 있겠습니다.

후진들을 가르치는 훈장 노릇을 한평생 하다 지금은 늙어서 물러났는데, 훈장 시절 나는 젊은 사람들에게 "그 사람이 있는 데서 하지 못할 말을 그 사람이 없는 데서 하지 말라"고 늘 일러 주었습니다.

말이란 '탁' 해서 다르고 '툭' 해서 다릅니다. 남의 말을 제대로 전하지 않고 멋대로 전해 사람과 사람 사이에 '이간질'을 하는 저질의 인간들도 수두룩합니다. 글을 쓸 때만 조심할 것이 아니라 누구와 마주 앉아 말을 할 때에도 '조심, 조심, 조심'하세요. 그리고 되도록 말수를 줄이고 또 줄이세요.

"말로써 말이 많으니!" — 〈파수꾼〉, 2017. 5. 29.

소년행락이 어제런가:
나이듦이 고맙다

《근화악부》(槿花樂府)라는 편찬연대도 편찬자도 밝힐 수 없는 노래 모음집에, 이런 시조가 한 수 들어 있답니다.

> 사私없는 백발이요 신信있는 사시四時로다
> 절절節節 돌아오니 흐르나니 연광年光이라
> 어즈버 소년행락少年行樂이 어제런가 하노라

그 뜻은 이렇습니다. "내가 원해 백발이 되었는가. 어쩔 수 없이 그리된 것 아닌가. 춘하추동 바뀌는 계절은 한 번도 틀리는 일이 없다네. 계절이 바뀌면 나이 먹기 마련이지. 아, 즐겁게 놀던 소년 시절이 어제만 같구나!"

모든 인간은 자신이 늙어가는 사실을 한탄하기 마련입니다. 그러나 나는 그렇게 생각하지 않습니다. 그래서 《나이듦이 고맙다》(두란노, 2015)라는 제목의 작은 책을 한 권 펴냈습니다. 사도 바울이 〈고린도후서〉 4장 16절에서 "그러므로 우리가 낙심하지 아니하노니 겉사람은 후패(朽敗)하나 우리의 속은 날로 새롭도다"라고 한 말이 틀림없다는 사실임을 입증하기 위해 나는 "나이듦이 고맙다"고 한 것입니다.

나는 남산에 있는 중앙정보부 지하실에 가서 밤을 새운 일도 있었고, 서빙고의 보안사령부, 서대문구치소나 안양교도소에 살면서 콩밥을 먹은 적도 있었습니다. 그곳에서 식욕을 조절하는 일을 '강제로' 익혀서 그 후 하루에 한 끼만 먹고 사는 비법을 터득하기도 하였습니다. 그런데 나이 70이 되기까지 성욕을 다스리기가 매우 어려웠다는 사실을 고백할 수밖에 없습니다.

70대에는 성적 욕망이 다만 배경음악이 되고 정말 여성의 아름다움을 사랑하고 감상하는 비결을 익히고, 80이 넘으면 일종의 '해탈'의 경지에 도달할 수 있다고 나는 믿습니다.

떠날 날을 저만큼 두고, 바라보면서, 내 마음엔 감동과 감격이 있습니다. 진정 "나이듦이 고맙다"고 말하고 싶은 심정입니다.

—〈파수꾼〉, 2015. 8. 16 ; 2015. 9. 28.

2부

스스로 사랑이 되어
한없이 봄길을 걸어가는

○

우리 현대시

울 밑에 선 봉선화야:
어언간에 여름 가는 인생무상

일제 때 우리가 감격하여 부르던 노래 중 하나가 〈봉선화〉[1]라는 처량한 가사의 노래였습니다. 젊었던 우리들은 이 노래에 민족의 혼이 스며 있다고 믿었습니다.

  울 밑에 선 봉선화야 네 모양이 처량하다
  길고긴 날 여름철에 아름답게 꽃 필 적에
  어여쁘신 아가씨들 너를 반겨 놀았도다

  어언간에 여름 가고 가을바람 솔솔 불어
  아름다운 꽃송이를 모질게도 침노하니
  낙화로다 늙어졌다 네 모양이 처량하다

  북풍한설 찬바람에 네 형체가 없어져도
  평화로운 꿈을 꾸는 너의 혼은 예 있으니
  화창스런 봄바람에 환생키를 바라노라

일제강점기에도 여름은 있었고 봉선화는 더 많이 피었습니다. 그 시절에는 그 꽃이 우리들에게 매우 친근한 꽃이었습니다.

---

1 음악교육가 김형준(金亨俊, 1885~?)은 〈저 구름의 탓〉, 〈나물 캐는 처녀〉와 함께 〈봉선화〉를 작사했고, 이에 곡을 붙인 사람은 홍난파(洪蘭坡, 1898~1941)다.

지금은 서양에서 들여온 화려한 꽃들 때문에 옛날의 그 사랑을 누리지는 못하지만 노래는 변치 않고 살아 있습니다.

"어언간에 여름 가고 가을바람 솔솔 불어 아름다운 꽃송이를 모질게도 침노하니 낙화로다 늙어졌다 네 모양이 처량하다." 누구를 위해 이 노래는 있는가? 거울에 비친 내 모양을 유심히 들여다보면서 '인생무상'(人生無常)을 또다시 되새겨 봅니다.

—〈파수꾼〉, 2017. 11. 10.

예전엔 미처 몰랐어요:
철학도 역사도 음악도 있고

시인 소월(素月)의 이름은 김정식(金廷湜)인데 그의 본명을 아는 사람은 몇 되지 않습니다. 그는 1902년에 태어났다고 하고 더러는 그것이 1903년이었다고도 하니 종잡을 수는 없지만 1901년에 태어난 함석헌과 동시대의 인물이라고 생각하면 되겠습니다.

비슷한 때에 정주 오산학교에 다닌 것은 확실한데 한 반에서 공부한 일이 있는지 없는지도 잘 모르겠습니다. 함 선생께서 살아계실 때 여쭈어 본 일이 없었습니다. 그러나 소월이 1934년에 세상을 떠난 것은 확실합니다. 배재학당을 마치고 일본에 유학 가서 어느 상과대학에 한 2년 다니고 돌아와 시를 쓰는 일에 전념했지만 먹고살기가 어려워 무척 고생하다가 서른한두 살에 세상을 떠났습니다. 소월은 아름다운 꿈과 가혹한 현실의 틈바구니에서 고민하며 통곡하다 일찍 죽었다고 생각됩니다.

봄가을 없이 밤마다 돋는 달도
예전엔 미처 몰랐어요.

이렇게 사무치게 그리울 줄도
예전엔 미처 몰랐어요.

달이 암만 밝아도 쳐다볼 줄을
예전엔 미처 몰랐어요.

이제금 저 달이 설움인 줄을
예전엔 미처 몰랐어요.

"예전엔 미처 몰랐어요." 이 한글 아홉 자를 능가할 문장은 아직 없었고 앞으로도 없을 겁니다. 이 한 줄의 글에 겨레의 서러움이 묻어 있습니다. 감격도 기쁨도 담겨 있습니다. 이상화가 말한 "지금은 남의 땅, 빼앗긴 들에도 봄은 오는가"라는 한마디에 우리는 웁니다. 윤동주가 "하늘을 우러러 한 점 부끄럼이 없기를"이라고 했을 때 이 겨레는 엄숙한 느낌에 사로잡힙니다.

그러나 소월의 "예전엔 미처 몰랐어요"라는 한마디에는 철학도 있고 역사도 있고 음악도 있습니다. 소월이 살고 간 이 한반도에 우리가 산다는 것은 무척 자랑스러운 일이라고 생각합니다.

— 〈파수꾼〉, 2016. 5. 4.

내 고향은 곽산:[2]
소월의 스승

소월이 오산에서 공부하던 때 설립자인 남강 이승훈(南岡 李昇薰)은 민족대표 33인 중 한 분이시라 서대문 감옥에서 옥고를 치르고 있었을 것입니다. 아마도 고당 조만식(古堂 曺晩植)이 교장으로 있어서 그 스승의 사랑을 많이 받았다는 내용의 시도 한 수 남겼습니다.

오산에서 이 천재시인의 시작(詩作)에 큰 영향을 미친 스승 안서 김억(岸曙 金億, 1896~?)의 시나 한 수 읊조려 볼까요?

---

2 평북 남부 해안에 위치한 군이다. 군 명칭은 '고을의 성곽'에서 유래하였다. 《여지도서》(輿地圖書)에는 "994년(고려 성종 13년) 평장사 서희(徐熙)에게 명령을 내려 여진을 공격하여 내쫓게 하고 그 성을 곽주부(郭州府)라 불렀다"라는 기록이 있다. 1413년 군으로 명칭을 고칠 때, 곽주부의 '곽'자와 이 지역의 자연적 특성을 반영한 '산'자를 조합하여 곽산군(郭山郡)이라 하였다(출처: 《한국민족문화대백과》).

내 고향은 곽산의 황포가외다
봄노래 실은 배엔 물결이 높고
뒷산이라 접동꽃 따며 놀았소
그러던걸 지금은 모두 꿈이요

―〈파수꾼〉, 2016. 5. 4.

함석헌의 〈그대 그런 사람을 가졌는가〉: 나는 그러면 안 되나

만리길 나서는 길
처자를 내맡기며
맘 놓고 갈 만한 사람
그 사람을 그대는 가졌는가

온 세상 다 나를 버려
마음이 외로울 때에도
'저 마음이야' 하고 믿어지는
그 사람을 그대는 가졌는가

탔던 배 꺼지는 시간
구명대 서로 양보하며
'너만은 제발 살아다오' 할
그 사람을 그대는 가졌는가

불의不義의 사형장에서
'다 죽여도 너희 세상 빛을 위해
저만은 살려 두거라' 일러 줄
그 사람을 그대는 가졌는가?

온 세상의 찬성보다도
'아니' 하고 가만히 머리 흔들 그 한 얼굴 생각에
알뜰한 유혹을 물리치게 되는
그 사람을 그대는 가졌는가?

잊지 못할 이 세상을 놓고 떠나려 할 때
'저 하나 있으니' 하며
빙긋이 웃고 눈을 감을
그 사람을 그대는 가졌는가

나이가 60, 70이 되어서도 함석헌(咸錫憲, 1901~1989)은 "사랑만은 어떻게 할 수가 없어"라고 고백했습니다. 그가 17세에 결혼했던 사모님은 오랜 세월 병상에 누워 있다 돌아가셨습니다. 누구보다 감정이 풍부했던 함석헌이 이성을 사랑한 사실이 놀랄 일은 아니었습니다. 그러나 그가 어느 여성을 사랑하는 것 같은 눈치만 보이면 주변 '속물'들이 모두 들고일어나 스승인 그를 비난했습니다.

함석헌은 이런 말을 한 적이 있습니다. "독일 문호 괴테는 70, 80이 될 때까지 젊은 여성들을 사랑했는데, 왜 한국사람인 나는 그러면 안 되나." 탄식 아닌 탄식이었습니다. 내가 보기에 괴테가 천재였던 것처럼 함석헌도 천재였습니다.

– "김동길의 인물 에세이 100년의 사람들: 함석헌", 〈조선일보〉, 2018. 1. 6.

왜 사냐고 묻거든: 다 대답할 필요는 없다

월파 김상용이 일제 때 펴낸 시집의 제목이 《망향》(望鄕)이었습니다. 오래전에 읽은 시집이지만 거기에는 내가 평생 잊지 못하는 한 구절이 있습니다.[3]

　왜 사냐고 묻거든, 웃지요.

이 한마디가 하도 기가 막혀서 70년이 지난 오늘까지도 기억

---

3 〈남으로 창을 내겠소〉 전문은 다음과 같다. "남으로 창을 내겠소 / 밭이 한참 갈이 / 괭이로 파고 / 호미론 풀을 매지요 / 구름이 꼬인다 갈 리 있소 / 새 노래는 공으로 들으랴오 / 강냉이가 익걸랑 / 함께 와 자셔도 좋소 / 왜 사냐건 / 웃지요" 이 시는 서울 상암동 월드컵공원의 '시가 흐르는 광장'에 여름을 노래한 시 중 하나로 걸려서 공원을 찾는 시민들에게 여름의 정취를 느끼는 즐거움을 주었다. 월파 김상용(月坡 金尙鎔, 1902~1951)은 시인이자 영문학자로 이화여대 교수를 역임했다.

하고 있습니다. 왜 사느냐고 묻는 사람들이 많지만 대답하지 않고 웃기만 하는 것은 이태백(李太白)이나 할 수 있는 일인데, 뒤에 이태백의 시 〈산중문답〉(山中問答)을 읽으면서 그런 생각을 하였습니다.

모든 질문에 다 대답할 필요는 없습니다. 그런 질문을 받고 대답하지 않으면 교만하다고 할 사람도 있습니다. 하지만 "빙그레 웃고 대답은 않으니 내 마음 스스로 한가하다"라는 한마디는 역시 중국 시성(詩聖)의 명언입니다. 설명 못할 일을 설명하려다 불행해진 사람들이 생각보다 많습니다. '식자우환'(識字憂患)이 그래서 생긴 말 아닐까요? '소이부답'(笑而不答)이 행복의 비결일 수 있습니다.　　　　　　　　　　－〈파수꾼〉, 2017. 5. 22.

4월이 오면:
그들의 고귀한 혁명정신

5월이 되면 나는 4월을 더욱 그리워하게 됩니다. 4월의 그 노래를 또다시 부르고 싶은 간절한 욕망을 억제하기 어렵습니다. 이은상4의 〈4월이 오면〉이 바로 그 노래입니다.

———
4　노산 이은상(鷺山 李殷相, 1903~1982)이 〈가고파〉로 망향의 시심을 달래 준다며 뜻있는 마산사람들이 2013년 마산역 광장에 그의 시비를 세웠다. 그러자 '4·19 정신계승 실천대회' 측은 노산이 이승만 정부 말기에 자유당

해마다 4월이 오면
접동새 울음 속에 그들의
피 묻은 혼의 하소연이 들릴 것이오

해마다 4월이 오면
봄을 선구하는 진달래처럼
민족의 꽃들은 사람들의 가슴마다
되살아 피어나리라

수유리 4·19 묘소에 185명의 젊은 생명들이 '꽃잎'처럼 떨어져, "홍안을 어디 두고 백골만 묻혔는가"라고 한 백호 임제의 노래대로 4·19도 역시 슬픈 날입니다.

그러나 그 젊은이들의 고귀한 희생이 없었다면 오늘의 대한민국이 존재할 수 없었을 겁니다. "꽃잎처럼 떨어져간" 그들 중에는 내가 가르친 두 학생 고순자와 최정규5도 누워 있습니

편 선거운동을 했던 반민주주의자라며 돌비를 페인트로 훼손하였다. 다시 그 옆에 그를 비판하는 철비를 세우기에 이르렀다. 한편, "고려대의 김성식(金成植, 1908~1986) 교수는 '가고파'를 작사한 이은상 선생을 매우 싫어하고 경멸하였습니다. 이은상도 사람이냐'라고까지 험한 말씀을 하셨습니다. 왜 그랬는가? 이은상이 가장 가깝던 친구 아내와 도망 간 사실 때문입니다. 그 사실을 절대 용서할 수 없다는 것이었습니다."
−〈파수꾼〉, 2015. 3. 24.
5 진명여중에서 가르친 고순자는 서울대 미대에 다니고 있었고, 최정규는 연세대 의예과 학생이었다.

다. "몸은 비록 죽었으나" 그들의 혁명정신은 80이 넘은 이 늙은이의 가슴속에 어제도 오늘도 살아 있습니다.

－〈파수꾼〉, 2010. 4. 19 ; 2010. 5. 21.

모란이 피기까지는:
'봄을 기둘리는' 까닭

여러 해 전에 전남 강진에 있는 김영랑[6]의 생가를 방문한 적이 있었습니다. 햇살이 뜨겁던 어느 여름날이었습니다.[7]

> 모란이 피기까지는
> 나는 나의 봄을 기둘리고 있을 테요
> 모란이 뚝뚝 떨어져버린 날
> 나는 비로소 봄을 여읜 설움에 잠길 테요

비교적 넉넉한 농가에 태어난 영랑은 서울에 유학해 휘문의숙에 다니다 고향에 내려와 3·1 운동에 가담합니다. 그 죄로 일

---

6 김영랑(金永郎, 1903~1950) 시인의 본명은 김윤식(金允植)이다.
7 시는 이어진다. "오월 어느 날, 그 하루 무덥던 날 / 떨어져 누운 꽃잎마저 시들어 버리고는 / 천지에 모란은 자취도 없어지고 / 뻗쳐오르던 내 보람 서운케 무너졌느니 / 모란이 지고 말면 그뿐, 내 한 해는 다 가고 말아 / 삼백 예순 날 하냥 섭섭해 우옵네다 / 모란이 피기까지는 / 나는 아직 기다리고 있을 테요, 찬란한 슬픔의 봄을."

경에 체포되어 대구형무소에서 6개월간 옥고를 치르기도 했습니다. 일본 청산학원(대학) 영문과에 입학했으나 1923년에 터진 관동대지진 때문에 학업을 중단하고 1930년대에는 정지용, 박용철과 〈시문학〉 동인으로 활약했습니다. 해방을 맞아 대한독립촉성국민회를 결성하고 대한청년단장으로 활동했으나, 6·25 전쟁이 터진 1950년, 47세를 일기로 세상을 떠나고 맙니다.

오지 않는 봄을 기다리고 또 기다리는 것이 시인의 사명이라면 누구에게나 그와 비슷한 '꿈'은 있어야 한다고 나는 생각합니다. 3·1 운동은 경험하지 못했지만 8·15 해방에 감격했던 우리 세대가 다 90을 눈앞에 바라보거나 90의 고개를 이미 넘었습니다. 그사이에 많이 떠나고 이제는 몇 남지 않았습니다.

살아 있는 내 친구들에게 나는 기회가 있을 때마다 큰 소리로, 힘주어 외칩니다. "남북이 통일되는 것을 보기 전에는 죽을 수 없다." 이것이 나의 신념이요, 나의 동지들의 꿈입니다. 해방의 기쁨과 6·25 전쟁의 고난을 몸소 체험한 이들이 바로 우리 세대이기 때문입니다.

'모란이 피기까지는' 우리는 우리들의 봄을 기둘리고 있어야 하는 겁니다. 포기하면 안 됩니다. 죽음에 이르는 병은, 키르케고르의 말대로, '절망'입니다. 봄을 믿고 기다리는 사람에게는 반드시 그 봄이 오고야 맙니다. 홍익인간(弘益人間)의 큰 꿈을

가진 한반도가 하나가 되어 세계 평화에 이바지하는 날이 곧
오리라 믿고 오늘 하루에 최선을 다하며 살겠습니다.

— 〈파수꾼〉, 2016. 10. 26.

기러기 울어예는:
너도 가고 나도 가야지

전 세계적으로 더위가 극성을 부려 서울 사는 사람도, LA에
사는 사람도 지난여름에 죽을 고생을 했다고 할 수 있습니다.

그래도 어제오늘 아침저녁에 불어오는 선선한 바람은 가을
이 문턱에까지 와 있음을 우리에게 알려주는 듯합니다. 머지
않아 박목월(朴木月, 1915~1978)이 시를 쓰고 김성태(金聖泰,
1910~2012)가 곡을 붙인 〈이별의 노래〉를 부르고 싶은 애절
한 계절이 찾아오겠지요.

기러기 울어예는 하늘 구만리
바람이 싸늘 불어 가을은 깊었네

노래는 2절("한낮이 끝나면 밤이 오듯이 / 우리의 사랑도 저물었
네")과 3절("산촌에 눈이 쌓인 어느 날 밤에 / 촛불을 밝혀두고 홀
로 울리라")로 이어지는데, 매절(每節)마다 그 후렴은 "아아,
너도 가고 나도 가야지"입니다.

알프레드 테니슨이 읊은 '가을의 노래'도 슬프기 짝이 없습니다. 그의 시 제목은 〈눈물이여, 속절없는 눈물이여〉(Tears, Idle Tears)입니다. "나 그 뜻을 헤아리지 못하네 / 어떤 거룩한 절망의 깊음에서 생겨나 / 가슴에 솟구쳐 두 눈에 고이는 눈물 / 가을의 행복한 들판을 바라보며 / 돌아오지 못할 날들을 생각할 적에."

어느 인생이나 가을이 깊어가면 자신의 삶을 되돌아보며 까닭 없는 슬픔에 잠기게 됩니다.　　　　　　　　 ─〈파수꾼〉, 2017. 8. 31.

그 어진 손으로:
그 시인이 그립소

어제(2017. 2. 16)가 바로 윤동주(尹東柱, 1917~1945) 시인이 세상을 떠난 지 꼭 70년 되는 날이었습니다. 그는 1941년 연희 전문 문과를 마치고 이듬해 공부를 더 하려고 일본 도쿄에 가서 릿쿄(立教)대학을 거쳐 도시샤(同志社)대학에 전학, 열심히 면학의 길을 더듬고 있었습니다. 그러나 여름방학이 되어 길림성 용정에 있는 고향집을 찾아가던 중 '사상범' 혐의를 받아 일본 형사에게 검거되어, 후쿠오카 감옥에 갇히고 맙니다. 그 후 해방을 반년 앞두고 1945년 2월 16일 거기서 옥사(獄死)하였습니다. 그때 나이 스물여덟이었습니다.

그는 지난 70년 동안 한국인에게 가장 사랑받는 시인 중 한 명으로 '민중의 벗'이 되어 이날까지 우리와 함께 살아왔습니다. 윤동주가 "죽는 날까지 하늘을 우러러 한 점 부끄럼이 없기를"이라고 읊은 그 〈서시〉(序詩)는 우리 모두가 가장 사랑하는 노래 가운데 하나로 꼽힙니다.

중국 흑룡강조선민족출판사가 윤 시인의 발표되지 않은 8편의 시를 찾아내 《윤동주 시집》을 펴냈습니다. 그중 한 편이 〈어머니〉입니다.[8]

어머니!
젖을 빨려 이 마음을 달래어 주시오
이 밤이 자꾸 서러워지나이다

이 아이는 턱에 수염자리 잡히도록
무엇을 먹고 자라나이까?
오늘도 흰 주먹이
입에 그래도 물려 있나이다

어머니
부서진 납인형도 싫어진 지
벌써 오랩니다

---

8 윤동주기념사업회 홈페이지(http://yoondongju.yonsei.ac.kr)를 참조했다.

철비가 후줄근히 내리는 이 밤을
주먹이나 빨면서 새우리까?
어머니! 그 어진 손으로
이 울음을 달래어 주시오

나는 제대로 된 인생의 시 한 편도 쓰지 못하고 88세의 노인이 되었는데, 형은 28세에, '별을 노래하는 마음'으로 그렇게 살다 그렇게 가셨네요. 형 앞에 고개를 숙입니다.

—⟨파수꾼⟩, 2015. 2. 17.

괴로운 인생길 가는 몸이:
김동길 자찬명自撰銘

고심 끝에 짧은 글을 하나 만들었습니다. 사람은 가끔 '생존의 의미'를 느끼지 못할 때가 있습니다.[9] "인생의 가시밭에 쓰러져" 피를 흘리는 경우도 있습니다. 인생이 괴롭습니다. 그런 후배들에게 조금이라도 위로가 되는 말을 전하고 싶어서 이런 글 ⟨이것이 바로 인생 아닌가⟩를 적었습니다.

---

9 찬송가 290장에서 감화를 받았다고 적었다. "괴로운 인생길 가는 몸이 / 편안히 쉬일 곳 아주 없네 / 걱정과 고생이 어디는 없으리 / 돌아갈 내 고향 하늘나라"(1절 가사) —⟨파수꾼⟩, 2015. 9. 18.

울면서 이 세상에 태어났지요
어버이 사랑 땜에 살아남았소
어른이 되어서는 옷 챙겨 입고
날마다 일터로 달려갑니다
밥을 벌어먹는 일이 쉽지 않아요
마음 맞는 짝을 만나 살림 꾸리고
애를 낳아 키우는 일도 힘이 들어요
덧없는 인생길에 늙고 병들어
지팡이 짚고 서서 휘청거리다
마침내 왔던 데로 되돌아가는
그것이 우리들의 인생이지요

더 할 말이 없습니다. 90년을 살아도, 100년을 살아도, 인생이
란 말할 수 없이 짧은 겁니다. 40의 언덕에 올라서면 속도가
얼마나 빨라지는지, 질풍처럼 사정없이 가는 것이 인생입니
다. 걷잡을 수 없어요. '나는 아직 젊었으니 …' 그런 생각은
아예 하지 마세요.

그러나 인생에는 숙제가 하나 있습니다. 그 숙제를 '사랑'이
라고 합니다. 사랑하면 보람은 있습니다. 그러나 그 '사랑'이
돌아오기를 기대하지는 마세요. 영영 돌아오지 않는 사랑이
진정 보람 있는 '사랑'입니다.

인생의 주제가 '사랑'이고 인생의 숙제가 또한 '사랑'입니다.

'사랑'만 있으면, 인생이 짧아도 험해도 괴로워도 상관없습니다. '사랑'만이 '영원'을 느끼게 합니다.   —⟨파수꾼⟩, 2015. 6. 14.

시인 천상병 생각:
나 하늘로 돌아가리라

오늘 아침 문득 시인 천상병 생각이 났습니다. 아주 가까운 사이는 아니었지만 어지간히 친하게 지냈습니다. 나는 그가 어쩌다 '동백림 사건'에 걸려들어 여러 해 감옥신세도 져야 했다는 이야기를 들은 적이 있습니다. 그의 말대로라면, 전기고문을 하도 심하게 당해서 말도 어눌해졌고 체내의 '남성'이 다 죽었다고 합니다. "선생님, 저는 애도 못 낳습니더"라며 익살스럽게 웃기던 그 얼굴이 문득 떠올랐습니다.

그가 쓴 시 가운데 ⟨저승 가는 데도 여비가 든다면⟩이라는 시에서 "어머니 아버지는 고향 산소에 있고" 누나는 멀리 사는데 여비가 없어서 갈 수가 없다고 신세타령을 하다가, "저승 가는 데도 여비가 든다면 나는 영영 가지 못하나?"라고 한 그 한마디가 가슴에 와 닿아서 그를 소중하게 여기게 되었습니다.

종로 바닥에서 만나면 누구에게나 손을 벌리며 "500원만 줄 수 없느냐"고 물었습니다. 그것이 아마 막걸리 한두 잔 값밖에 안 되었을 것이지만 그 이상을 요구하는 일은 없었습니다. 내가 사는 신촌 집에도 한두 번 왔습니다. 자그마하고 예쁘장한 부인이 있어서 둘이 함께 왔었습니다. 술을 하도 좋아한다기에 집에 있던 조니워커를 한 병 선물했습니다.

그다음에 왔을 때 그는 얼굴을 찡그리면서, "선생님 주신 양주를 저는 마셔 보지도 못했습니다. (자기의 아내를 가리키며) 저 사람이 그건 비싼 술이니까 팔아서 막걸리나 사서 마시라고 했어요." 그런 한마디를 내뱉으며 일그러진, 그러나 순박하기 짝이 없는 그 얼굴로 활짝 웃었습니다.

그가 세상을 떠났다는 소식이 전해졌을 때 그의 시 〈귀천〉(歸天)을 생각했습니다.

나 하늘로 돌아가리라
새벽빛 와 닿으면 스러지는
이슬 더불어 손에 손을 잡고,

나 하늘로 돌아가리라
노을빛 함께 단 둘이서
기슭에서 놀다가 구름 손짓하면은,

나 하늘로 돌아가리라
아름다운 이 세상 소풍 끝내는 날,
가서, 아름다웠더라고 말하리라…

"선생님, 예수님도 가난하셨지요. 저도 가난합니다." 그의 그
한마디가 오늘 아침에도 내 귀에 들리는 듯합니다.

―〈파수꾼〉, 2015. 6. 10.

길이 끝나는 곳에서도:
스스로 사랑으로 남아

길이 끝나는 곳에서도
길이 있다
길이 끝나는 곳에서도
길이 되는 사람이 있다
스스로 봄길이 되어
끝없이 걸어가는 사람이 있다
강물은 흐르다가 멈추고
새들은 날아가 돌아오지 않고
하늘과 땅 사이의 모든 꽃잎은 흩어져도
보라
사랑이 끝난 곳에서도
사랑으로 남아 있는 사람이 있다
스스로 사랑이 되어
한없이 봄길을 걸어가는 사람이 있다

사랑하는 남편을 하늘나라로 먼저 보내고도, 참되게 착하게 '사랑으로 남아 있는' 아름다운 여인들에게 정호승[10] 시인의 〈봄길〉[11]이라는 시 한 수를 보냅니다. "사랑이 끝난 곳에서도 사랑으로 남아 있는" 그대! "스스로 사랑이 되어 한없이 봄길을 걸어가는" 그대에게 나는 드릴 것이 없어, 링컨이라는 이름의 붉은 장미꽃 한 송이를 보냅니다.

"인생은 괴로우나 아름다운 것"이라고 나는 믿습니다. 죽는 날까지 그렇게 믿겠습니다.   − 〈파수꾼〉, 2015. 4. 13.

---

10 2015년 4월의 '김동길 교수와 함께 하는 수학여행'은 일본의 유명 온천인 쿠사츠(草津)가 행선지였다. 온천물이 좋아 막부시대에 고관대작들을 위해 에도까지 그걸 길어 날랐다는 믿거나 말거나 이야기도 전해 온다던데 그때 "인생이 무엇인가"를 주제로 특강하면서 정호승의 시를 암송했다. 동업의 한 연상(年上)이 "정호승 시인의 시에는 유난히 눈물이 많다"고 운을 뗀 뒤 그 사람됨에 대해 말했다. "정호승 시인을 만나본 사람이면 시는 곧 그 사람이라는 격언에 쉽게 동의할 것이다. 자그마한 체구에 선량하기 그지없어 보이는 용모와 눈빛, 그 어느 한구석에도 거짓이나 꾸밈이 들어갈 자리가 있어 보이지 않는다. 시는 만들어지는 것이지 태어나는 것이 아니라는 것이 현대시의 추세이지만, 그를 보면 그의 시는 만들어진 것이 아니라 태어난 것이란 느낌을 갖게 된다."(신경림, 《신경림의 시인을 찾아서》, 우리교육, 2002, 300∼313쪽).

11 〈봄길〉을 좋아하는 애호가는 하나둘이 아니라도 소문대로 지상(紙上)에 그 사랑을 적은 수필("윤세영의 따뜻한 동행: 노래 대신 시를 외워 보니", 〈동아일보〉, 2013. 2. 21)도 읽었다. 시사랑의 경위를 적은 글이기에 골격 중심으로 내가 그걸 압축해 보았다. "대한민국에서 음주가무 없이 사회생활 하기는 쉽지 않다. 지금은 덜하지만, 못한다고 사양하면 할수록 기어이 노래를 시키고야 마는 짓궂은 심보에 시달린 것이다. 견디다 못해 노래 한 곡을 완벽하게 마스터하기로 결심했다. 그때 도전한 곡이 〈옛 시인의 노래〉였다.

가도 가도 끝없는:
'무한'이 없다면 '유한'이 무슨 가치

> 울 밑에 귀뚜라미 우는 달밤에
> 길을 잃은 기러기 날아갑니다
> 가도 가도 끝없는 넓은 하늘로
> 엄마 엄마 부르며 날아갑니다

어려서 많이들 부르는 동요의 1절입니다. 가사에 틀린 구절이
있는지도 모릅니다. 작사한 사람도 작곡한 사람도 나는 모릅

10여 년째 같은 노래만 부른다고, 떠들썩하고 신나는 분위기에 찬물을 끼얹
는 노래를 부른다고 타박을 받던 와중에 노래를 대신할 묘안을 짜냈다. 시암
송이었다. 나는 시를 좋아하지만 바쁘게 직장생활을 해온 대한민국 남자들은
시를 접해 볼 여유가 있었을 리 없다. 남편을 붙잡고 짧고 쉬운 시부터 외우
자고 했다. 기억력이 좋은 편이지만 워낙 시와 친해 본 적이 없으니 처음에는
쉽지 않았다. 잠들기 전이나 아침에 일어나서, 혹은 운전을 해서 먼 곳을 갈
때 틈틈이 시를 외웠다. 마치 수험생 공부 시키듯이 남편은 시를 외우고 나는
옆에서 맞나 틀리나 확인했다. … 요즘에는 모임에서 누군가가 노래를 부르면
남편은 시를 외운다. 즐겨 암송하는 시는 정호승 시인의 〈봄길〉과 마종기 시
인의 〈우화의 강〉이다. '아~ 이렇게 시를 많이 아시니까 윤세영 씨가 반했군
요'라는 말을 들을 때마다 난 그냥 웃는다. 칭찬은 고래도 춤추게 한다는데,
반응이 좋으니 남편은 시에 열성을 보이기 시작해서 이제는 나보다 훨씬 많
은 시를 외운다. 음주가무 자리를 파할 때쯤 그 모임에 어울리는 시 한 수를
암송하면 박수가 쏟아진다. 굳이 그런 걸 떠나서도 좋은 시 몇 편쯤 가슴에
담고 사는 일, 멋지다. 시를 알면 세상이 시로 보인다. 노래에 자신 없는 분들
은 시에 기대기를 제안한다." 윤세영(尹世鈴, 1956~)은 서강대 신문방송학과
를 졸업한 월간 〈사진예술〉 편집장으로 수필가로도 활동 중이다.

니다. 나는 다만 이 동요를 좋아할 뿐입니다. '광대무변'(廣大無邊)이라는 네 글자가 있기는 합니다. "엄청 넓고 끝이 없다"는 뜻일 겁니다. 그러나 이 어려운 사자성어의 뜻을 옳게 헤아릴 수 있는 사람은 아무도 없습니다.

이 동시에는 인간의 가엾은 모습이 여실히 그려져 있어서, '귀뜨라미' 우는 소리에, 기러기가 달밤에 어디론가 날아가는 모습에, 삶의 애절함을 느끼게 됩니다. "끝없는 넓은 하늘"이라고 하여서 나는 말 못할 외로움에 사로잡히고 벅찬 기쁨이 가슴에 가득 차기도 합니다.

인생이란 그런 것 아닐까요? "끝이 없다"는 상황을 우리는 이해할 수 없지만 '무한'이 없다면 '유한'이 무슨 가치가 있습니까? 종교는 왜 있는가 한번 생각해 봅시다. 물론 사람들의 머리로 그려 놓은 '신'이요 '절대자'이기는 하지만 '무한'은 있는데 '신'은 없다면 말이 안 되지요. '영원'은 있는데 '절대자'는 존재하지 않는다면 인간의 생존에 무슨 의미가 있습니까?

우주는 무한하고 오늘은 '영원'에서 온 것이라면 인간의 생존은 그 가치가 엄청난 것이라고 느끼지 않을 수 없습니다. 달밤에 '엄마 엄마 부르며' 날아가는 저 기러기처럼 나도 영원의 나라를 향해 끝없이 날아가겠습니다. 오늘 하루라도!

－〈파수꾼〉, 2017. 12. 13.

새벽부터 우리:
저녁까지 씨를 뿌려봅시다

새벽부터 우리 사랑함으로써
저녁까지 씨를 뿌려봅시다
열매 차차 익어 곡식 거둘 때에
기쁨으로 단을 거두리로다

비가 오는 것과 바람 부는 것을
겁내지 말고 뿌려봅시다
일을 마쳐놓고 곡식 거둘 때에
기쁨으로 단을 거두리로다

씨를 뿌릴 때에 나지 아니할까
슬퍼하며 심히 애탈지라도
나중 예수께서 칭찬하시리니
기쁨으로 단을 거두리로다

(후렴) 거두리로다 거두리로다
기쁨으로 단을 거두리로다
거두리로다 거두리로다
기쁨으로 단을 거두리로다

아주 어릴 때 주일학교에 다니면서부터 배운 찬송가입니다.[12]

그러나 나는 이 노래의 참뜻을 모르고 열심히 부르기만 하였습니다. 나이가 들어서야 그 뜻을 깨달을 수 있었습니다. 우리가 아침에 잠자리에서 일어나면서부터 해야 할 일은 '사랑' 한 가지뿐이라는 겁니다. 아침에도 낮에도 저녁에도 해야 할 일이 있다면 그것이 사랑이라는 겁니다. 따지고 보면 우리가 해야 할 일, 할 수 있는 일이 사랑밖에 또 무엇이 있겠습니까?

그걸 모르고 인간은 자기에게 주어진 시간들을 낭비하며 살다가 문득 "이래선 안 되겠다"고 깨달았을 때에는 이미 늦었습니다. 자기에게 남은 시간이 얼마 안 된다고 깨달은 사람은 눈물짓기 마련입니다. 그것도 복 있는 사람에게만 주어지는 특전일 뿐!

5시에 못 일어났으면 7시에라도 일어나 사랑하기를 시작하세요. 사랑을 능가할 예술은 없습니다. 어쩌면 사랑한다는 것이 인생의 지고지순한 최고의 예술임을 깨달아야 될 것입니다. "사랑에는 거짓이 없나니" 진실 하나로 엮어 나가는 '사랑'이 얼마나 아름답습니까?

막연한 이야기가 아닙니다. 매우 구체적인 것입니다. 내가 가진 것을 누구에게인가 주는 것, 아낌없이 주는 것. 인생에는 그보다 더 아름다운 것이 있을 수 없습니다.

―〈파수꾼〉, 2016. 4. 23.

―

12 찬송가 260장. 기독교가 한국 믿음에 정착한 역사가 오래인 만큼 찬송가도 우리의 노래, 우리의 시음(詩吟)이 된 지 오래다. 찬송가의 가사 모두는 믿음 있는 사람의 애송시가 되고도 남는다.

3부

검소한 생활 고상한 생각

o 영시

남기고 갈 것은 없다:
포프의 〈고독〉

키츠보다 100년쯤 앞서 태어난 포프(Alexander Pope, 1688~1744)는 〈고독〉(Solitude)이라는 시를 이렇게 읊었습니다.[1]

> 행복한 사람일세, 그의 소망·근심이
> 아버님이 물려주신 몇 마지기 밭에
> 고향 공기 마시며, 만족스런 삶을
> 자기 땅에서만
>
> 소들은 우유 주고 밭에서는 곡식 익어
> 양떼는 털 깎아서 옷 만들게 하네
> 나무 그늘 여름엔 서늘하고
> 겨울에는 땔감도

---

1 이 시의 영어 원문은 다음과 같다. "Happy the man, whose wish and care / A few paternal acres bound, / Content to breathe his native air, / In his own ground. // Whose herds with milk, whose fields with bread, / Whose flocks supply him with attire, / Whose trees in summer yield him shade, / In winter fire. // Blest, who can unconcernedly find / Hours, days, and years slide soft away, / In health of body, peace of mind, / Quiet by day, // Sound sleep by night; study and ease, / Together mixed; sweet recreation; / And innocence, which most does please, / With meditation. // Thus let me live, unseen, unknown; / Thus unlamented let me die; / Steal from the world, and not a stone / Tell where I lie."(출처: www.poetryfoundation.org)

무심히 사는 사람 복 있는 사람
세월이 가는 것도 전혀 모르고
육신은 튼튼하고 마음엔 평화
하루해는 조용히

밤에는 잠이 잘 와 일어나면 공부해
모두가 다 얽혀져서 달콤한 휴식
순결함의 극치는
명상이라네

안 보이게 남모르게 조용히 살다
통곡하는 이 없게 떠나고 싶어
세상이 감쪽같이 모르게 가고 돌 하나도
나 누워 있는 곳 못 일러 주게

우리 모두 앞에 죽음의 관문이 저만큼 보이네요. 앞서거니 뒤
서거니 하며 인생도 그 관문을 향해 함께 갑니다.

그 관문을 통과하지 않은 호모사피엔스는 아담과 이브를 포
함하여 아직 단 한 사람도 없었습니다. 그 준비가 그렇게 쉬운
것은 아닙니다. 인생의 묘비는 바로 여기에 있습니다.

—〈파수꾼〉, 2016. 9. 6.

영광의 길 가다 보면
무덤 있을 뿐: 그레이의 〈만가〉

영국 문단뿐만 아니라 세계 문학사에 길이 남을 시 가운데 하나가 그레이2의 장시 〈시골 교회당 뒤뜰에서 쓴 만가〉(Elegy Written in a Country Churchyard) 라고 들었습니다.

> 가문의 자랑이며 세도의 과시,
> 절세의 미인들도 천하 갑부도
> 한결같이 피치 못할 시간 기다려
> 영광의 길 가다 보면 무덤 있을 뿐
> The boast of heraldry, the pomp of power,
> And all that beauty, all that wealth ever gave,
> Awaits alike the inevitable hour.
> The paths of glory lead but to the grave.

한평생 혼자 살며 매우 고독했던 시인 그레이는 인생이 무엇인가를 누구보다도 정확하게 파악하고 있었습니다. 젊음도 돈도 권력도 모두 죽음 앞에 무기력한 것임을 그는 확실하게 알고 이 깊고 아름다운 시를 남겼습니다.3

---

2 그레이(Thomas Gray, 1716~1771)는 영국 문필가로 케임브리지대학 교수였다. 〈만가〉의 시로 유명한 그레이는 자신에게 엄격했고 13편의 시만 남겼다. 1757년에 주어진 계관시인의 영예도 사양했다.

권력과 명예를 추구하는 유능한 인재들이 국회에 모인다고 사람들은 믿고 있었습니다. 그러나 요새 그 내용을 알고 보면 꼭 그렇지도 않습니다. 혹시 그런 인재들이 모여서 저질화되는 곳이 국회인지도 모릅니다.

　우리나라 국회가 거듭나게 하기 위해서 한 가지 제안을 하겠습니다. 우선 국회의원 수를 3분의 1로 줄여 100명만 뽑아야 합니다. 지역은 경기·강원·충청·전라·경상도 다섯으로 하고, 특별시니 광역시니 하는 것도 선거와 무관하게 만들어야만 합니다. 제주도는 원하는 대로 경상도나 전라도에 속하게 하고, 미국의 상원의원 선거처럼 의원수를 균등하게 해야 합니다.

　그렇게 되면, 인구 많은 경기도와 인구 적은 강원도가 대등하게 되라는 것인가 하고 이의를 제기할 사람도 있겠지요. 하지만 지방자치를 더욱 존중하기 위해서는 서울·인천이 있는 경기도도 20명이면, 인구가 준다고 아우성인 강원도도 20명,

---

3 "김대중 대통령을 영원한 나라로 보내면서 저도 착잡한 심정입니다. 영국 시인 토머스 그레이가 〈교회당 뒤뜰에서 쓴 만가〉에서 '영광의 길 가다 보면 무덤 있을 뿐'이라고 읊으면서 탄식한 바 있습니다. 김대중 대통령께서는 천주교 신자라고 알고 있습니다. 그렇다면, '시간과 공간의 한계를 넘어' 영원한 나라가 있고, 영원한 생명이 있다는 사실을 믿으시지요. 김 대통령께서는 〈사도신경〉에 있는 대로, '죄를 사하여 주시는 것과, 몸이 다시 사는 것과, 영원히 사는 것'을 또한 믿으실 것입니다." —〈파수꾼〉, 2009. 8. 23.

앞으로 인구 분산에도 크게 도움이 될 것 아닙니까. 통일되면 황해도, 평안도, 함경도에도 20명씩 줍시다.

－〈파수꾼〉, 2010. 1. 10.

뜨거운 사랑도:
블레이크의 〈사랑의 비밀〉

뜨거운 사랑도 물 건너갔습니다. 블레이크(William Blake, 1757 ~1827) 라는 영국 시인이 노래했습니다.

> 사랑을 고백하려 애쓰지 마오
> 사랑이란 말로는 안 되는 것
> 부드러운 바람은 불어오는 것
> 소리 없이 그리고 보이지 않게
> Never seek to tell thy love,
> Love that never told can be
> For the gentle wind does move
> Silently, invisibly.

결혼은 시끄럽게 치르지만 사랑은 조용하게, 남모르게 싹이 트고 잎이 돋아나는 법입니다. 두 나무가 거리를 두고 따로 서 있지만 그 뿌리는 땅속에서 오랜 세월 동안 상대방을 향해 조금씩 조금씩 뻗어 나가서 결국은 서로 얽히는 것이 아닐까요? 나는 블레이크의 시 〈사랑의 비밀〉(Love's Secret)을 그렇게 이해하고 오늘에 이르렀습니다. ─〈파수꾼〉, 2014. 3. 17 ; 2016. 1. 8.

단순한 것이 아름답다는 진리의 터득: 워즈워스의 〈무지개〉

하늘의 무지개 보면
내 가슴은 뛰어요
나 어렸을 때 그러하였고
어른인 지금도 그렇답니다
늙어진 연후에도 그러하기를
그런 감동 없으면 죽어야지요!
어린애는 어른의 아버지
바라건대 내가 사는 하루하루가
타고난 경건함에 얽혀 있기를
My heart leaps up when I behold
A rainbow in the sky:
So was it when my life began;
So is it now I am a man;

So be it when I shall grow old,

Or let me die!

The Child is father of the Man;

And I could wish my days to be

Bound each to each by natural piety.

영국 낭만파 시인 워즈워스(William Wordsworth, 1770~1850)
의 〈무지개〉(My Heart Leaps up)입니다. 시청 앞 광장을 잔
디밭으로 가꾸어 1년 내내 푸른 잔디를 볼 수 있게 한다기에
그렇게 믿었습니다. 그러나 서울시민들의 눈을 시원하게 하는
것만으로는 서울시의 살림을 지탱할 수가 없기 때문인지, 밤
낮을 가리지 않고 '서울광장'에는 각종 행사가 벌어집니다. 더
울 때는 많은 천막들이 들어서서 무슨 장사를 하는가 봅니다.
　시청사 앞에서는 밤마다 요란한 음악회가 벌어지고 추운 겨
울에는 아이들의 스케이트장이 마련되어 시청 앞은 항상 붐비
기만 하고 휴식이 전혀 없습니다. 시청과 푸른 잔디는 이제 전
혀 상관이 없는 듯합니다. 디자인 운운하는 시청 앞의 어지러
운 디자인은 서울시를 매우 지저분한 도시로 만들고 있습니
다. 시장께서도 워즈워스를 좀 읽고, 단순한 것이 아름답다는
만고불변의 진리를 터득하시길 바랍니다.
　광화문으로 가는 큰길에서 100년 가까이 되었을 은행나무들

이 뽑혀 없어질 때 우리는 모두 의아스런 느낌에 사로잡혔습니다. 그 나무들을 그만큼 키우기가 어려울 텐데! 거기 앉아 계신 세종대왕의 모습을 매일 대하게 되는 것은 자랑스러운 일이지만 그 어른이 은행나무 고목들 사이에 계시면 안 될 무슨 특별한 이유가 있습니까.

민족의 유산인 조선총독부 청사를 하루아침에 박살이 나게 한 이가 누구였든, 역사의 심판을 받게 될 것입니다. 민족이 공유해야 할 유산을 마음대로 처분한 책임을 면하기 어렵습니다.

요새는 광화문 그 길을 가기가 역겹습니다. 놀이터를 왜 거기다 만들어 서울시의 체면을 그렇게 손상시킵니까. 시민들을 위해서라고 항변하십니까. 시민들의 놀이터는 좀 한적한 곳에 따로 만드시고 600년 도읍지의 품위를 지켜 주셔야지요.

－〈파수꾼〉, 2009. 1. 8.

고요함 가운데 회상된 정서: 워즈워스의 〈수선화〉

여러분이 기억하기 쉬워야 하니까, 한 달 동안 어디다 오려서 붙여 놓고 매일 한 번씩 읽으면 그게 암기가 될 겁니다. 그러면 언제라도 눈을 감고 읊을 수 있지요.

워즈워스의 시 〈수선화〉(The Daffodils) 를 소개합니다.[4] 여러분이 암기하거나 말거나 그건 여러분의 자유지요. 성적을 따기 위한 수업이 아니기 때문에 암기하지 않아도 되지만 암기하면 더 좋겠지요. 〈수선화〉 둘째 연입니다.

은하에서 빛나며
반짝거리는 별처럼
물가를 따라
끝없이 줄지어 피는 수선화
무수한 꽃송이가
흥겹게 고개 설레는 것을
Continuous as the stars that shine
And twinkle on the milky way,
They stretched in never-ending line
Along the margin of a bay:
Ten thousand saw I at a glance,
Tossing their heads in sprightly dance.

　　　　　　　　　　　　　　　　　　　－〈맑은 만남〉 강의록, 2007.

---

4 "이 시는 실제 경험 후 여러 해 만에 쓰인 것으로 이 시인의 지론인 '조용한 회상' 속에서 우러나온 것이다. 1802년 4월 시인 남매는 '알즈워터' 호반에서 작품에서 보는 수선화를 구경했다"(윌리엄 워즈워스, 《하늘의 무지개를 볼 때마다》, 유종호 옮김, 민음사, 2017, 6~7쪽).

검소한 생활 고상한 생각:
물질만능주의 탄식

"Plain living high thinking."

기회 있을 때마다 내가 젊은 후배들에게 전해 주는 생활의 좌
우명입니다. 이 말은 그대로 옮긴다면 '검소한 생활, 고상한
생각'이라 할 수 있습니다. 워즈워스는 1802년의 런던을 보고
정신적 가치는 외면한 채 물질만능주의에 젖은 자기 나라의
수도에 대해 탄식하였습니다.[5]

　검소한 생활, 고상한 생각은 이젠 없구나
　옛날의 착한 삶을 지탱하던 그 소박한 아름다움
　이제는 사라지고, 우리의 평화도, 그 경건하던 순진함도,
　생활의 규범을 가르치던 순수한 종교도, 이제는 가고 없어

———
5 "어떤 중소 기업인들의 모임에서 내게 강연을 부탁하여 그 강연의 제
　목을 무엇으로 잡을까 생각하다 마침내 '생활은 검소하게, 생각은 고
　상하게'로 결정하고 강연장으로 떠납니다. … 사치스럽고 호화스런 살
　림보다는 단순하고 검소한 삶이 바람직하고 아름답습니다. 난잡하고
　복잡한 생활은 행복보다는 불행을, 기쁨보다는 고통이 뒤따른다는 사
　실은 의심의 여지가 없습니다. 그런데 현대인은 어쩌자고 호화판으로
　흥청망청 살기를 바라는 것입니까? 그래서 시인 워즈워스는 〈런던,
　1802〉(London, 1802)를 읊었고, 19세기 영국의 최고 지성이던 매슈
　아널드는 〈도버 해협〉(Dover Beach)을 읊었을 것입니다."
　―〈파수꾼〉, 2015. 9. 4.

Plain living high thinking are no more:
The homely beauty of the good old cause
Is gone; our peace, our fearful innocence,
And pure religion breathing household laws.

그런 서울이 되지 않고 그런 대한민국이 되지 않도록 하기 위해 젊은이들에게 "생활은 검소하게, 생각은 고상하게" 살라고 이날까지 권면(勸勉)했습니다. 나 자신의 생활신조도 그렇고요. 사치는 사람을 저속하게 만들고, 낭비는 인간을 지저분하게 만듭니다.

사치는 사치를 더욱 부채질하고 낭비는 인간의 양심을 줄곧 마비시킵니다. 사치에 빠지는 사람은 껍데기 인생을 살 수밖에 없고, 낭비벽은 인간의 파멸을 불가피하게 만듭니다. 검소한 삶과 고상한 생각밖엔 도탄에 빠진 인류를 구제할 길이 없습니다. 　　　　　　　　　　　　　　－〈파수꾼〉, 2010. 1. 5 ; 2015. 8. 6.

고산지대의 아가씨:
인간관계는 예술이다

미국의 저명한 역사가 베커[6]는 "Everyman is his own historian"
이라는 유명한 말을 남겼습니다. "각자는 나름대로 역사가다"라
는 이 말은 사람은 누구나 자기의 이력서(personal history)를 쓸
수 있다는 것입니다. "당신도 예술가요 나도 예술가다"라는 말도
할 수 있다고 믿습니다.

시인 워즈워스는 〈무지개〉에만 감동한 것이 아니라 추수하
는 '고산지대의 아가씨'(Highland Lass)에 대한 감동도 대단하
였습니다.[7] 나는 시인이 되지는 못했지만 인간관계에 대하여
나름대로 큰 관심을 가지고 살아온 시인인 동시에 화가요 작
곡가라고 자부하고 있습니다.

나는 한 남자와 한 여자의 관계야말로 예술이라고 믿습니
다. 결혼하면 더욱 그래야 마땅합니다. "자식들 때문에 한집

---

6 베커(Carl Becker, 1873~1945)는 미국의 역사학자이자 코넬대학 교수로 깊
  은 기독교 신앙을 가지고 있었다.
7 4연의 발라드 가운데 첫째 연이다. 1804년, 《스코틀랜드 기행》 글을 읽고 지
  은 시 〈가을걷이하는 처녀〉(The Solitary Reaper) 4연의 시 가운데 첫째 연
  "보라 들판에서 홀로 / 가을걷이하며 노래하는 / 저 고원의 처녀를, / 멈춰 서
  라. 아니면 슬며시 지나가라, / 홀로 베고 다발을 묶으며 / 구슬픈 노래를 부른
  다. / 귀 기울여라! 깊은 골짜기엔 / 온통 노랫소리가 차 있구나"(유종호 번역)
  에서 '고산지대의 아가씨'라는 시어가 나온다.

에 산다"는 말은 매우 잘못된 말이고 비겁한 말입니다. 부모와 자녀들의 관계에도 반드시 예술이 있어야 합니다. '예술'이라는 말은 '아름다움을 창조하는 기술(Art)'입니다. 그렇다면 '효'(孝) 보다 더 가치 있는 예술이 또 있겠습니까? '효'를 따분하게 여기는 사람은 아직도 인생의 진미(眞味)를 모르는 사람입니다.

인간관계를 예술로 승화시키지 못하면 인생이란 따분하고 지루한 시간의 연속이 될 수밖에 없습니다.

— 〈파수꾼〉, 2015. 6. 22.

아무와도 다투지 않았소: 랜더의 〈노철학자의 말〉

나는 아무와도 다투지 않았소. 왜냐하면 내가 싸울 만한
  값어치가 있는 사람은 없었소.
나 자연을 사랑했고, 자연 다음으로는 예술을 사랑했네.
나 인생의 불길에 두 손을 녹였거늘
그 불길이 꺼져가네, 그리고 이제 나는 떠나갈 준비가 되었도다.
I strove with none, for none was worth my strife:
Nature I loved, and, next to Nature, Art:
I warm'd both hands before the fire of Life;
It sinks; and I am ready to depart.

랜더 (Walter Landor, 1775~1864) 가 이 시, 〈죽음을 앞둔 어느
노철학자의 말〉(Dying Speech of an old Philosopher) 을 75세
생일에 읊었다고 그래요. 이 시는 이제 늙은 랜더가 75세 생일
에 읊었다는 말이 늘 따라다닙니다.

"내가 싸울 만한 값어치가 있는 사람은 없었소."(for none
was worth my strife) 사랑하는 남자가 자신이 만난 여자에게,
"당신을 오랫동안 기다렸는데, 기다릴 만한 가치가 있는 그런
당신이요." 이런 말을 하듯이, 내가 싸울 만한 그런 값어치가
있는 사람은 없었고, 그래서 내가 아무하고도 다투지 않았다
는 겁니다.

그러니까 싸우는 사람은 비슷한 것 아닙니까? 가령 중국집
에 가서 자장면을 한 그릇 시켰는데 자기보다 나중에 온 어떤
사람한테 먼저 갖다준다고 합시다. 그러면 아주 화가 나서 중
국집에서 일하는 사람을 불러서 따집니다. "야, 이놈아 너 나
를 뭘로 알고 있어! 나 저 사람보다 먼저 왔잖아!" 뭐로 알겠
어요? 자장면 한 그릇 먹으러 온 사람으로 알지요. 뭐 굉장한
인물로 생각도 안 할 거란 말이에요.

"나 자연을 사랑했고, 자연 다음으로는 예술을 사랑했네."
(Nature I loved, and, next to Nature, Art) 'Nature'이건 'Art'
이건 대문자로 되어 있어요. 자연 다음으로는 예술을 사랑했
다 그 말이죠.

그리고 하는 말을 보세요. "나 인생의 불길에 두 손을 녹였 거늘."(I warm'd both hands before the fire of Life) 나 두 손을 녹였다, 어디서? 나 인생의 불길에! "그 불길이 꺼져가네, 그 리고 이제 나는 떠나갈 준비가 되었도다."(It sinks; and I am ready to depart)

75세의 노인이 되었어요. 이제 떠날 준비가 되어 있는 사람 이죠. 왜 그런가 하니 인생의 불길에 두 손을 녹이면서, 따뜻함 을 느끼면서 인생을 살았는데, 그 불이 이제 꺼져간다는 말이에 요. 그러니까 랜더가 '그 불은 꺼져가는구나! 그리고 나는 떠나 갈 준비는 되어 있노라!'고 하는 겁니다.

오늘 시는 아주 흥미진진한 시예요. 왜냐하면 랜더라는 사람 의 시는 어떤 의미에서 이태백의 〈산중문답〉과 맞먹는 시이기 때문입니다. 산중에서 서로 주고받은 얘기. 그런데 그 산중문 답이 동양사람의 아주 멋있는 모습을 보여주는 거예요.

－〈맑은 만남〉 강의록, 2007.

세월도 가고 인생도 가는 것을:
램의 〈그리운 옛 얼굴들〉

해방되던 해, 내 나이 열여덟이었습니다. 소련군이 지키던 38 선을 넘어 월남하던 그 여름밤이 어제만 같은데 벌써 69년 전의 옛날이 되었습니다. 세월이란 이렇게 빠른 것인가, 가끔 놀라기도 합니다.

6·25 전쟁이 터지던 날 새벽에 은은히 들려오던 인민군의 대포소리가 점점 요란해지고, 한강철교가 폭파되던 굉음이 천지를 진동하던 3일 뒤 새벽도 어제만 같은데, 그것이 65년 전의 일이라는 사실이 믿어지지 않습니다.

6·25 이전부터 가깝던 친구들은 하나둘만 남고 모두 저세상으로 떠났습니다. 새삼 램(Charles Lamb, 1775~1834)의 〈그리운 옛 얼굴들〉(The Old Familiar Faces)[8]을 되새깁니다.

나에겐 놀이동무 있었지, 친구 있었지
나 어린 시절에, 즐거웠던 학창시절에
모두 다 가버렸네, 옛날에 다정했던 그 얼굴들
I have had playmates, I have had companions,
In my days of childhood, in my joyful school-days,
All, all are gone, the old familiar faces.

---

8 "이은상이 시를 쓰고 김동진이 곡을 붙인 〈가고파〉라는 유명한 가곡이 있습니다. '내 동무 어디 두고 이 홀로 앉아서 / 이 일 저 일 생각하니 눈물만 흐른다.' 낙엽 지는 가을은 쓸쓸합니다. 늙은이들의 가을은 더욱 처량합니다. 누구에게 있어서나 인생의 노년은 다 외로운 것입니다. 다정했던 친구들이 모두 떠났기 때문에!" ─〈파수꾼〉, 2015. 10. 6.

월파 김상용이 "오고 가고 나그네 일이오, 그대완 잠시 동행이되고"라고 읊은 그 심정도 이제는 이해할 수 있습니다. 남인수가 부른 유행가의 1절이 생각납니다. "무엇이 사랑이고 청춘이던가, 모두가 흘러가면 덧없건마는."

　낭비된 나의 청춘이 아쉽게 느껴지긴 하지만 되돌려달라고 하소연할 곳도 없습니다. 그리고 사랑의 추억도 점점 희미해질 뿐입니다. 하루에도 몇 번씩 다짐합니다. "떠날 준비는 되어 있는가?"하고. 몸도 마음도 점점 기운이 떨어지는데, '노익장'을 운운하는 사람의 정신상태가 의심스럽습니다. 요새는 예수 그리스도를 더욱 열심히 생각하며, 하루하루를 보내고 있습니다.

　　　　　　　　　　　　　　　　　　　　　－〈파수꾼〉, 2015. 2. 27.

나 인생의 가시밭에: 셸리의 〈서풍의 노래〉[9]

인류의 조상 아담과 이브는 하나님의 뜻을 어기고 '선악과'를 따 먹었기 때문에 에덴동산에서 추방되었다고 〈창세기〉의 이야기를 무가치한 신화로만 여기는 사람들이 많습니다. 그러나 곰곰이 생각해 보세요. 이 스토리에는 매우 신비로운 교훈이 스며 있습니다.

어느 누구도 하나님과 동등할 수는 없습니다. 그러나 매사에 순종하는 아담과 이브를 하나님께서 대등하게 여기셨던 것은 확실합니다. 그러나 일단 '불순종' 때문에 우리 조상은 양심을 속이고 매우 비굴한 인간으로 전락하였습니다. "애들아, 너희는 이 낙원에 살 자격이 없다. 그런즉 당장 이 동산을 떠나라!" 하나님의 준엄하신 명령이셨습니다.

그날부터 우리들의 조상은 고생에 고생을 거듭하며 그 잃어버린 낙원을 되찾기 위해 때로는 영국 시인 셸리의 시 구절처럼 몸부림치기도 했습니다.

---

9 1820년에 발표된 〈서풍의 노래〉는 전체 5장이다. 낭만주의 시인 셸리는 정치적·도덕적 개혁에 대한 자신의 사상을 서풍의 상징성에 빗대어 밀도 깊게 보여준다. 서풍, 곧 바람은 만물을 일으켜 세우는 원초적 이미지의 상징이며, 동시에 새로운 세계를 꿈꾸는 인간의 열망을 드러낸 거센 목소리이다. "오, 거센 서풍 ― 그대 가을의 숨결이여, / 보이지 않는 네게서 죽은 잎사귀들은 / 마술사를 피하는 유령처럼 쫓기는구나"로 시작되는 1장은 땅에 부는 서풍, 곧 가을바람에 대해 노래한다. 2장은 저무는 해의 만가로서 하늘에 부는 서풍을 노래한다. 3장은 시인이 살았던 이탈리아 지중해 그 바다에 부는 서풍을 노래한다. 인용 시구는 서풍의 거침없음에 의탁해야만 하는 시인 자신의 현재 상태를 노래하는 4장에 나온다. "만일 내가 휘날리는 한 잎 낙엽이라면 / 만일 내가 한 점의 빠른 구름이라면 / 네 힘에 눌려, 충동을 같이 할 수 있고 // 한 이랑의 파도라면, 물론 너만큼 / 자유롭진 못하나, 제어할 수 없는 자, / 만일 내가 내 어릴 적 시절과 같다면 // 하늘을 방랑하는 네 벗이 되었으련만 / 너의 하늘의 속력을 이겨내는 것이 / 결코 공상만이 아닌 그때 같기만 하면 // 나는 이렇듯 기도하며 겨루지 않았으리. / 오, 나를 파도나 잎과 구름처럼 일으켜라. / 나는 인생의 가시밭에 쓰러져 피 흘리노라. // 시간의 중압이 사슬로 묶고 굴복시켰다. / 멋대로고, 빠르고, 거만하여 너 같은 나를."(출처: 《두산백과》).

나 인생의 가시밭에 쓰러져 피 흘리노라.

I fall upon the thorns of life! I bleed!

우리 조상이 낙원에서 쫓겨날 때에 잃어버린 것이 무엇이라고 생각하십니까? 그것은 인격이요 자존심입니다. 인격의 버팀목이 '자존심'(pride)입니다. '욥'처럼 재산을 몽땅 잃었을 때에도, 사랑하는 짝이나 애인이나 아들딸을 잃었을 때에도, 시험에 낙방하고 선거에 패했을 때에도, '자존심'만은 잃어선 안됩니다.

바벨론의 포로가 되어 우리의 수금(竪琴, harp)을 강가 버드나무에 걸어 놓고 시온을 기억하고 울던 때에도(시편 137편), 그런 말 못할 역경에서도, 인간은 '자존심'을 잃으면 안됩니다. 자존심을 잃으면 우리는 영영 그 낙원에 돌아갈 수 없습니다. 인류에게 그 많은 시련이 있었던 것은 우리로 하여금 자존심을 되찾게 하기 위함이었다고 믿고, 그 자존심을 지키기 위해서는 목숨까지 버릴 각오를 하며 나는 오늘도 살아 있습니다. —〈파수꾼〉, 2015. 5. 23.

봄이 어찌 멀었으리오?: 셸리의 〈서풍의 노래〉[10]

미쳤다는 비난을 면치 못했던 셸리(P. B. Shelley, 1792~1822)는 혁명적 기질을 타고난 그 시대의 기린아였습니다. 대영제국이 전성기를 맞은 19세기, 이제부터 몰락이 시작될 것을 시인은 미리 내다보았을지도 모릅니다.

지중해 어디에선가 가을이 깊어가고 세찬 바람이 불어오는 것을 목격하고, 〈서풍의 노래〉(Ode to the West Wind)를 읊었습니다. 이 유명한 시의 결론이 바로 이것입니다.

예언의 나팔이여! 오 바람이여
겨울이 오면, 봄이 어찌 멀었으리오?

---

10 〈서풍의 노래〉 5장은 서풍으로 하여금 시인의 사상과 의지를 전 우주를 향해 거침없이 외치라고 격렬하면서도 아름다운 말로 노래한다("나를 너의 거문고가 되게 하라, 저 숲처럼 / 내 잎새가 숲처럼 떨어진들 어떠랴! / 너의 힘찬 조화의 난동이 우리에게서 // 슬프지만 달콤한 가락을 얻으리라. / 너 거센 정신이여, 내 정신이 되어라! / 너 내가 되어라, 강렬한 자여! // 내 꺼져가는 사상을 온 우주에 몰아라 / 새 생명을 재촉하는 시든 잎사귀처럼! / 그리고 이 시의 주문에 의하여 // 꺼지지 않는 화로의 재와 불꽃처럼 / 인류에게 내 말을 퍼뜨려라. / 내 입술을 통하여 잠 깨지 않는 대지에 // 예언의 나팔이여! 오 바람이여 / 겨울이 오면, 봄이 어찌 멀었으리오?"). 그것은 인간은 원래 자유로운 존재임을 알리고자 하는 '인간해방'의 외침이다. 마지막 시구 "겨울이 오면 봄이 어찌 멀었으리오?"는 시의 주제를 압축한 경구로서, 오늘날에도 정치적·사회적 억압으로 삶이 고달플 때 새로운 힘과 기대를 갖게 하는 희망의 노래로 기억된다.

The trumpet of a prophecy! O Wind,
If Winter comes, can Spring be far behind?

지난해(2009년) 12월 22일은 해가 1년 중 가장 짧다는 동짓날이었습니다. 농사를 지어야 먹고살던 우리 조상들에게 있어 해가 짧다는 것은 여간 힘든 자연현상이 아니었을 것입니다.

그러나 우리 조상들은 비관하지 않고 이런 말로 스스로 위로하였습니다. "동지 지나 열흘 만에 해가 소 누울 자리만큼 길어진다." 절망이 아니라 희망입니다. 봄이 멀지 않았다고 그들도 셸리와 함께 그렇게 믿고 살았던 것이 분명합니다.

동지가 지나고 벌써 20일이 가까이 되었습니다. 해가 그만큼 길어졌을 텐데 우리는 그걸 느끼지 못하고 불평만 늘어놓습니다. 70년 만에 서울에 큰 눈이 왔다고 합니다. 어떤 기상전문가는 100년 만이라고도 합니다.

하늘이 이렇게 많은 눈을 내리셨는데 모두가 불평뿐입니다. 어린애들과 강아지들만이 기뻐 뛰놀 뿐입니다. 하기야 출근길이 힘들기 때문이겠죠. 눈을 빨리빨리 치워 주지 않는다고 서울시 당국자를 욕합니다. 눈을 내린 하늘에 대해서는 욕 한마디 못하고. 회사 좀 쉬면 안 됩니까. 관공서 좀 놀면 안 됩니까. 정치도 푹 쉬세요. "겨울이 오면, 봄이 어찌 멀었으리오?"

―〈파수꾼〉, 2010. 1. 9.

아름다움은 참된 것:
한국 정치가 더 싫습니다

미는 진리요, 진리는 미
Beauty is Truth, Truth beauty

키츠(John Keats, 1795~1821)[11]는 스물여섯에 요절한 영국의
천재시인이었습니다. 매우 몸이 약했던 그는 항상 죽음에 대
한 두려움을 안고 짧은 인생을 살다 갔지만 그의 노래에는 진
실이 있고 진정이 있고 진리가 있었습니다. 진선미를 하나로
볼 수 있었던 키츠는 아름다운 것이 참된 것이고 참된 것만이
아름답다고 했습니다.

자기 집을 습격한 공비들을 향해, "나는 공산당이 싫어요"라
고 한마디 던지고 그들에게 찔려 목숨을 잃은 어린 학생 이승
복 군을 생각합니다. 나도 공산당이 싫습니다. 그런데, 요새는
한국 정치가 더 싫습니다. '인면수심'(人面獸心)이란 말이 있
는데 의정 단상에 등장하는 한국의 정치인들을 보면 그 네 글
자가 연상됩니다. 국민의 혈세로 각자 자기의 집안 살림은 잘

---

11 키츠의 〈그리스 자기(瓷器)에 부치는 노래〉(Ode on a Grecian Urn)는 5개 연
으로 구성되어 있다. 맨 마지막 5번째 연의 끝 구절은 "미는 진리요, 진리는
미, ─이것이 너희들이 이 세상에서 아는 전부이고 알 필요가 있는 전부니
라"(Beauty is Truth, Truth beauty, ─that is all/Ye know on earth, and
all ye need to know)이다.

꾸려나가면서 국민을 위한 나랏일은 이렇게 날마다 망칠 수가 있습니까.

―〈파수꾼〉, 2010. 1. 6.

이름을 물 위에 적다: 키츠의 묘비명

무엇을 남기고 가겠다는 그 마음이 부질없는 욕심입니다. 아무것도 남지 않습니다. 남길 수도 없고요. 영국 시인 키츠는 몸이 약해 26세에 세상을 떠났는데 그 짧은 삶을 항상 죽음의 두려움 속에서 견디면서 자신의 묘비를 미리 이렇게 적어 두었습니다.[12]

> 자기 이름을 물 위에 적은 그는 여기에 잠들다.
> Here lies one whose name was writ in water.

―〈파수꾼〉, 2016. 9. 6.

---

12 젊은 나이에 죽은 키츠를 안타까워한 나머지 미국 시인 롱펠로는 〈키츠〉라는 시를 썼다. "… 보라! 달빛에 번득이는 하얀 대리석 묘비 위에 쓰인 글귀를. '여기 물 위에 자신의 이름을 적은 시인이 누워 있노라.' 이것이 바로 아름다운 노래를 부른 그에 대한 보답이란 말인가? 나는 차라리 이렇게 적으리라 ― '여기 불꽃 타오르기 전에 연기를 내고 꺼져 버린 아마(亞麻) 천과 꺾어져 상처 난 갈대가 누워 있노라'"(롱펠로,《롱펠로 시집》, 윤삼하 옮김, 범우사, 1988, 141~142쪽).

이 하루를 헛되이 보낼 것인가:
칼라일의 〈오늘〉

칼라일(Thomas Carlyle, 1795~1881)은 영국의 역사가이자 독일 철학에 심취했던 철학자라고도 할 수 있죠. 역사가로 서는 《프랑스 혁명사》(*History of the French Revolution*)를 썼습니다.

　그 칼라일이 〈오늘〉(Today)[13]이라는 시 한 편을 썼습니다. 이 날은 영원에서 태어나서 밤이 되면 다시 영원으로 돌아가나니, 이 하루를 허무하게 보내지 말라고 당부하는 말이었습니다.[14]

　보라 푸르른 새날이 밝아오누나
　그대 생각하여라
　이 하루를 헛되이 보낼 것인가

---

13 이 시의 영어 원문은 다음과 같다. "So here hath been dawning / Another blue Day: / Think wilt thou let it / Slip useless away. // Out of Eternity / This new Day is born; / Into Eternity, / At night, will return. // Behold it aforetime / No eye ever did: / So soon it forever / From all eyes is hid. // Here hath been dawning / Another blue Day: / Think wilt thou let it / Slip useless away."(출처: www.poetryfoundation.org)

14 이 하루가 영원과 이어진다는 발상법은 "매일매일이 가장 좋은 날"(日日是好日)이라거나 '애일론'(愛日論) 등의 우리 성현 금언과 한통속이다.

영원에서부터
이 새날은 태어나서
영원 속으로
밤이 되면 다시 돌아가리니

아무도 미리 보지 못한
이 새날은
너무나 빠르게
모든 이의 시야에서 영원히 사라지나니

보라 푸르른 새날이 밝아오누나
그대 생각하여라
이 하루를 헛되이 보낼 것인가[15]

그는 '오늘 하루'에서 '영원'을 느꼈습니다. 그것은 DNA를 달리 타고난 사람들의 이야기라고 할 수도 있겠지요. 하지만 평범한 삶에서도 하루를 천년만년처럼 살 가능성은 있다고 봅니다.

---

15 이 시는 다석 류영모(多夕 柳永模, 1890~1981)가 무척 좋아했던 시로, 함석헌도 다석에게 배운 후 평생 이 시를 잊지 않았다 한다. 다석은 이 시를 통해 "시간은 미리 준비가 있어야 그 시간을 잘 쓸 수 있다. 온 뒤에는 시간은 이미 가 버리고 없다"고 강조했다.

모든 사람에게 주어진 시간은 오늘 하루 24시간뿐입니다.[16] 러시아의 문호 톨스토이는 그 24시간을 셋으로 쪼개서 8시간은 일하고, 8시간은 공부하고, 8시간은 쉬라고 가르쳤습니다. 우리에게 있는 것은 오늘 하루뿐인 줄을 안다면 '이 하루를 헛되이' 보낼 수는 없습니다.

독일의 문호 괴테도 이에 관해 한마디 했습니다. 영어로 이렇게 번역됐습니다. "Nothing should be prized more highly than the value of each day."(오늘 하루보다 더 값진 것은 있을 수 없다)

지당한 말씀입니다. 오늘 하루에서 '영원'을 찾읍시다. 영원히 살아야 할 '하루살이들'이여, 분발합시다. 오늘이 있는 한 희망은 있습니다. 오늘 도통(道通) 하는 일이 결코 불가능하지 않습니다. 그대가 오늘 '도통'하지 못할 까닭이 무엇입니까?[17]

― 〈파수꾼〉, 2014. 3. 26 ; 2017. 7. 31.

---

16 〈파수꾼〉 2016년 4월 21일자는 "오늘 하루뿐인걸"이라는 주제를 다루었다. "어제가 있었습니다. 어제에 대한 이해나 해석이 서로 다를 수 있습니다. 그러나 따지고 보면, 어제는 가고 다시 오지 않기 때문에 그 '어제'를 가지고 다투거나 싸우는 것은 결코 잘하는 일은 아닙니다. 오늘을 보람 있게 살기 위해 '어제'에서 무엇이라도 배운다면 고마운 일이지만, "그게 네 잘못이지, 내 잘못은 아니지!" 또는 "그게 너 때문이야, 네 탓이란 말이다"라며 아웅다웅하는 것은 보기에도 민망하지만, 보다 나은 오늘을 살아 보려는 사람에게는 아무런 도움도 되지 않습니다. 어제로 되돌아갈 수도 없고 내일을 장담할 수도 없는 호모사피엔스도, 미안한 말이지만 '하루살이'가 아닙니까?"

인생은 진실이다:
롱펠로의 〈인생찬가〉

아무리 즐거워도 미래를 믿지 말고
과거는 죽은 것, 스스로 땅에 묻게 하고
활동해요 활동해, 살아 있는 현재에
가슴속엔 사랑을, 머리 위엔 하나님을
Trust no Future, howe'er pleasant!
Let the dead Past bury its dead!
Act, — act in the living Present!
Heart within, and God o'erhead!

롱펠로(H. W. Longfellow, 1807~1882)는 미국을 대표하는 가
장 건전한 시인 중 한 사람이었습니다. 그의 〈인생찬가〉[18]는

---

17 "'하나님께서는 하루만 살라고 인간을 만드시지는 않으셨을 것이 분명하
다.' 에이브러햄 링컨의 말입니다. 그는 이렇게 시작한 그의 말의 결론을
이렇게 내렸습니다. '천만에, 천만에. 인간은 영원불멸을 위해 창조된 것
이다.'(No, no, man was made for immortality)"－〈파수꾼〉, 2017. 7. 31.
18 〈인생찬가〉(A Psalm of Life)의 전문은 이러하다. "슬픈 사연으로 내게 말하지
말라. / 인생은 한갓 헛된 꿈에 불과하다고! / 잠자는 영혼은 죽은 것이어니 /
만물은 겉모습 그대로가 아니다. // 인생은 진실이다! 인생은 진지하다! / 무덤
이 그 종말이 될 수는 없다. / '너는 흙이니 흙으로 돌아가라.' / 이 말은 영혼에
대해 한 말은 아니다. // 우리가 가야 할 곳, 또는 가는 길은 / 향락도 아니요,
슬픔도 아니다. / 저마다 내일이 오늘보다 낫도록 / 행동하는 그것이 목적이요
길이다. // 예술은 길고 세월은 빨리 간다. / 우리의 심장은 튼튼하고 용감하나,/
싸맨 북소리처럼 둔탁하게 / 무덤 향한 장송곡을 울리고 있나니. // 이 세상 넓고

긍정적 삶의 본보기라고 하겠습니다. "가슴속엔 사랑을, 머리 위엔 하나님을." 19세기 미국의 활기찬 모습이라 하겠습니다. 그런 미국의 모습을 다시는 지구상에서 대할 수 없을 겁니다. 미국이 무너지는 소리가 들리기 때문입니다.

― 〈파수꾼〉, 2010. 1. 11.

나 주님 뵈오리:
테니슨의 〈사주를 넘어서〉

테니슨(Alfred Tennyson, 1809∼1892)은 1850년부터 죽는 날까지 영국의 계관시인[19] 자리를 지켰습니다. 그는 케임브리지대

넓은 싸움터에서 / 인생의 노영 안에서 / 발 없이 쫓기는 짐승처럼 되지 말고 / 싸움에 이기는 영웅이 되라. // 아무리 즐거워도 미래를 믿지 말고 / 과거는 죽은 것, 스스로 땅에 묻게 하고 / 활동해요 활동해, 살아 있는 현재에 / 가슴속엔 사랑을, 머리 위엔 하나님을 // 위인들의 생애는 우리를 깨우치나니, / 우리도 장엄한 삶을 이룰 수 있고, / 우리가 떠나간 시간의 모래 위에 / 발자취를 남길 수가 있느니라. // 그 발자취는 뒷날에 다른 사람이, / 장엄한 인생의 바다를 건너가다가 / 파선되어 낙오된 형제가 보고 / 다시금 용기를 얻게 될지니.// 우리 모두 일어나 일하지 않으려나, / 어떤 운명이든 이겨낼 용기를 지니고, / 끊임없이 성취하고 계속 추구하면서 / 일하며 기다림을 배우지 않으려나."

19 테니슨이 무려 42년간 영예를 누렸던 계관시인(桂冠詩人, poet laureate)은 1999년부터 10년 임기제로 운영되기 전만 해도 종신제였다. 영국 왕실이 영국의 가장 명예로운 시인을 선정하는 이 제도는 1616년에 생겨난 이래 지난 400년간 약 20명의 계관시인을 탄생시켰다. 우리가 익히 아는 계관시인은 테니슨과 더불어 워즈워스가 있다. 과거에는 이들에게 왕실의 경조사 때 시를 지어 바치는 등 특정한 의무가 주어졌지만 지금은 그렇지 않다. 명예직인 계관시인은 해마다 연봉 300파운드와 카나리아제도산 포도주 1통을 받는다 한다.

재학 시절부터 시를 쓰기 시작했으나 크게 인정받지는 못했습니다. 대기만성(大器晚成)이라는 말처럼 세월이 가면서 그의 서정시들이 인구에 회자(膾炙)되기 시작하여 그는 영국 시단에 확고한 자리를 차지했습니다.

특히 그가 마지막으로 읊은 시 〈사주를 넘어서〉(Crossing the Bar)[20]는 나 같은 사람 일생을 좌우하는 위대한 시로 여겨집니다.

해는 지고 저녁별 반짝이는데
날 부르는 맑은 음성 들려오누나
나 바다 향해 머나먼 길 떠날 적에는
속세의 신음소리 없기 바라네

움직여도 잠자는 듯 고요한 바다
소리 거품 일기에는 너무 그득해
끝없는 깊음에서 솟아난 물결
다시금 본향 찾아 돌아갈 적에

---

20 이 시의 영어 원문은 다음과 같다. "Sunset and evening star, / And one clear call for me! / And may there be no moaning of the bar, / When I put out to sea, // But such a tide as moving seems asleep, / Too full for sound and foam, / When that which drew from out the boundless deep / Turns again home. // Twilight and evening bell, / And after that the dark! / And may there be no sadness of farewell, / When I embark; // For tho' from out our bourne of Time and Place / The flood may bear me far, / I hope to see my Pilot face to face / When I have crost the bar."(출처: www.poetryfoundation.org)

황혼에 들려오는 저녁 종소리

그 뒤에 밀려오는 어두움이여

떠나가는 내 배의 닻을 올릴 때

이별의 슬픔일랑 없기 바라네

시간과 공간의 한계를 넘어

파도는 나를 멀리 싣고 갈지니

나 주님 뵈오리 직접 뵈오리

하늘나라 그 항구에 다다랐을 때

백조는 그 모습이 매우 아름답지만 노래는 전혀 못한답니다. 그러나 죽기 직전에는 노래를 한마디 부른답니다. 그래서 시인의 마지막 노래를 '백조의 노래'(*swan song*) 라고 합니다. 이 시를 읊조리며 나도 나의 주님 품으로 돌아갈 겁니다.

―〈파수꾼〉, 2017. 2. 7.

가을의 문턱에서: 테니슨의 〈눈물이여, 속절없는 눈물이여〉

가을이 다가왔는데, 기다리던 서늘한 가을이 다가왔는데 그래도 나는 계속 정치 이야기만 할 것인가? (자문자답을 아니할 수 없습니다. 이 칼럼을 쓰기 시작하고 이번이 1,956회라면 나의 정치

칼럼에 식상함을 느끼는 친구들도 적지 않으리라 짐작됩니다.)

그래서 오늘은 가을의 노래를 한번 읊어 볼까 합니다. 영국 시인 테니슨은 가을에 이렇게 읊었습니다.

눈물이여, 속절없는 눈물이여
나 그 뜻을 헤아리지 못하네
거룩한 절망의 깊음에서 생겨나
가슴에 솟구쳐 두 눈에 고이는 눈물
가을의 행복한 들판을 바라보며
돌아오지 못할 날들을 생각할 적에
Tears, idle tears, I know not what they mean,
Tears from the depth of some divine despair
Rise in the heart, and gather to the eyes,
In looking on the happy Autumn-fields,
And thinking of the days that are no more.

그리운 이들의 얼굴이 떠오릅니다. 우선은 어머님 얼굴입니다. 예수 그리스도 외에 내가 제일 보고 싶은 사람은 나를 낳아 주시고 키워 주신 어머님입니다. 인류를 사랑하시고 나를 사랑하시는 하늘에 계신 아버지께서는 나의 간절한 소원을 이루어주실 것으로 믿습니다.

나이가 90을 바라보게 되니 이 아들은 어머님이 그토록 그립습니다. 그 어머님을 만나 뵐 수 있기 위하여 나는 요단강을 건너갈 날을 학수고대하고 있는 것도 같습니다. 점점 하나님의 사랑을 믿고 그에게 순종하게 되는 것은 그를 통하지 않고는 어머님을 뵈올 수가 없다는 사실을 내가 잘 알고 있기 때문입니다.

"나의 오늘이 있는 것은 모두 천사와 같은 나의 어머님 덕분입니다." 이것은 유명한 정치가 링컨이 남긴 말입니다.[21] 나도 그렇습니다. 아마 당신도 그럴 겁니다. 솔직히 말해서, 나는 어머님이 제일 그립고 또 보고 싶습니다. — 〈파수꾼〉, 2013. 9. 7.

봄을 기다리는 사람: 브라우닝의 〈때는 봄〉

브라우닝(Robert Browning, 1812~1889)은 저명한 목사 집안에 태어나 마땅히 들어가야 할 옥스퍼드나 케임브리지에 가지 않았습니다. 대신에 가정에서 유능한 교사들의 교육을 받아 그의 학덕과 식견은 매우 뛰어난 바가 있었습니다.

그가 천재시인이라는 것은 그의 초기 시작에서도 명백히 드

---

21 링컨이 어머니에 대한 그리움을 자주 토로하자 어느 기자가 "생모를 말함이냐 계모를 말함이냐?"고 물었다. 그 말뜻을 간파하고는 링컨답게 "어머니면 어머니이지 무슨 어머니냐?!"고 반문했다. 9살 때 링컨은 생모 낸시(Nancy Hanks, 1784~1818)를 잃었고, 얼마 뒤 아버지는 남편을 잃은 옛 친구 새러 존스턴(Sarah Johnston, 1788~1869)과 재혼했다.

러났지만, 이미 영국 시단에서 명성이 자자하던 연상의 여인 엘리자베스에 대한 깊은 사랑 때문에 처신이 좀 어려웠을 겁니다. 특히 엘리자베스가 척추에 불치의 병이 있어 그들은 엄동설한의 영국을 떠나 온화한 이탈리아에 살면서 시작에 전념했습니다.

나는 대학 영문과에 들어가 브라우닝의 시를 처음 배웠습니다.

때는 봄
하루는 아침
아침은 일곱 시
산기슭의 이슬은 진주 되어 빛나고
종달새는 하늘에
달팽이는 가시덤불에
하나님 하늘에 계시오매
인생만사는 그릇됨이 없어라

The year's at the spring,
And day's at the morn;
Morning's at seven;
The hillside's dew-pearled;
The lark's on the wing;
The snail's on the thorn;
God's in his Heaven —
All's right with the world.

브라우닝의 이 시 한 수는 지난 70년 세월을 나와 함께 살면서 나로 하여금 여름에도, 가을에도, 그리고 겨울에도, 봄을 기다리는 사람이 되게 하였습니다. 아무리 추워도 봄은 틀림없이 올 것이라는 희망을 버리지 않게 하였습니다.

"겨울 오면 봄이 어찌 멀었으리오"라고 읊은 셸리의 〈서풍의 노래〉는 훨씬 뒤에 배웠습니다. 브라우닝은 나로 하여금 영원히 '봄을 기다리는 사람'이 되게 하였습니다. 22 – 〈파수꾼〉, 2017. 2. 6.

자비와 사랑이 풍부한 국민 만들기:
브라우닝의 〈함께 늙어갑시다〉

오늘(2009. 1. 4)부터 각자가 가슴 깊이 간직할 만한 시나 글을 한 구절 적어 놓기로 하였습니다.

세월 따라 함께 늙어갑시다.
가장 좋은 것은 아직도 오지 않았으니,
인생의 마지막 그걸 위하여, 인생의 처음이 만들어진 것.

---

22 " '어차피 인생은 겨울인 것을! 봄을 기다리면서 겨울의 추위를 이겨낼 수밖에 없는 것이 인생 아닌가요?' 독일 시인 프리드리히 실러(Friedrich Schiller)가 이렇게 탄식했습니다. '짧은 봄이 나에게 다만 눈물을 주었다'고, 그 '짧은 봄'이 이제 멀지는 않습니다. 소망 중에 또 한 번 기다려 봅니다. 어김없이 봄은 올 것이므로!" – 〈파수꾼〉, 2015. 3. 17.

Grow old along with me!

The best is yet to be,

The last of life, for which the first was made:

영국 시인 로버트 브라우닝은 낙천적인 시인이어서 이렇게 읊을 수가 있었습니다.[23] 지난(2009년) 1월 2일 10시경 일본 궁성의 동쪽 뜰에는 여러 만 명의 일본인이 운집하여 천황 아키히토 내외와 황족들에게 멀리서 인사하는 모임이 있었습니다. 해마다 정초에 실시되는 이 하례식이 TV로 방영되었기 때문에 한국 땅 신촌의 골짜기에서도 그 광경을 끝까지 지켜볼 수 있었습니다.

천황의 인사는 매우 짧았습니다. 그러나 그 자리에 모인 '황국신민'들은 감동과 감격을 금치 못하고 거기에 서 있었습니다.

메이지유신 뒤에 만들어진 일본 헌법에는 "천황은 신성하여

---

23 그가 1864년에 발표한 시 〈랍비 벤 에즈라〉(Rabbi Ben Ezra)의 첫 연이다. "세월 따라 함께 늙어갑시다. / 가장 좋은 것은 아직도 오지 않았으니, / 인생의 마지막 그걸 위하여, 인생의 처음이 만들어진 것. / 우리의 일생은 하나님의 손 안에 있네. / 그분은 말씀하셨네. 모든 것은 내가 계획하였노라. / 젊은 시절은 반절만을 보여줄 뿐; / 나를 믿어라: 전체를 보아라, 두려워하지 말라." 비틀스(The Beatles) 일원이던 존 레논(John Lennon)은 이 시의 구절을 따서 〈Grow Old with Me〉를 지었다. "나를 따라 함께 늙어가요 / 가장 좋을 때는 아직 멀었어요 / 우리의 시간이 올 때 / 우리는 하나가 될 거예요 / 하나님은 우리의 사랑을 축복해 주죠."(Grow old along with me / The best is yet to be / When our time has come / We will be as one / God bless our love)

불가침이다"라는 한마디가 분명히 들어 있었습니다. 그러나 제2차 세계대전 뒤에 일본 점령군 사령관이던 맥아더 장군은 인간의 '신격화'를 용납할 수 없다고 하여, 그 조항은 일본 헌법에서 떨어져 나갔습니다. 그러나 일본인의 가슴속에서 천황은 변함없이 '신성불가침'임이 확실한 듯합니다.

'신'이 아닌 '인간'을 '신'으로 모시고 사는 일본인에게는 진정한 의미의 종교는 없습니다. 체면상 또는 교양으로만 지니는 종교 — 신사(神社) 참배하고 그 길로 바로 옆의 절에 들러 합장하고 기도하는 일본인, 크리스마스에는 크게 파티하는 일본인!

그래서 일본인은 어떤 한 종교에 깊이 파고들지 않습니다. 그러므로 그들은 어떤 특정한 종교에 집착하지도 않습니다. 어느 종교에도 별다른 거부감을 느끼지 않는 것 같습니다. 그렇기 때문에 불가피한 약점 하나는 국민의 도덕생활을 뒷받침할 힘을 구할 길이 없습니다. 사람이 제 힘만 가지고는 도덕적 삶을 끝까지 살 수 없습니다.

이 나라의 종교인들과 종교지도자들이 크게 각성해야 할 때가 왔습니다. 태평양의 새 시대 주역이 되기에 조금도 손색이 없는 국민이 되게 하고, 한국인을 전 세계에서 가장 정직한 국민이 되게 하고, 세계의 어느 나라 국민보다 이웃에 대한 자비와 사랑이 풍부한 국민이 되게 하는 책임이 종교에 있음을 확신합니다.

－〈파수꾼〉, 2009. 1. 4.

사랑엔 조건이 없다: 엘리자베스 브라우닝의 〈당신이 나를 사랑해야 한다면〉

"인생의 주제가 무엇입니까?"라고 누가 내게 물었을 때 나는 서슴지 않고 "인생의 주제는 사랑입니다"라고 대답해온 지 꽤 오래되었습니다. 그러나 막상 "사랑이 무엇입니까?"라고 물으면 아직도 대답을 망설이게 됩니다.

> 당신이 나를 사랑해야 한다면
> 오직 사랑 때문에만 사랑해 주오
> If thou must love me, let it be for naught
> Except for love's sake only. [24]

로버트 브라우닝의 부인인 엘리자베스(Elisabeth Browning, 1806~1861)의 시 〈당신이 나를 사랑해야 한다면〉을 읽고 오래전에 감동은 했지만, "사랑 때문에만 사랑해 주오"라고 한

---

[24] 〈당신이 나를 사랑해야 한다면〉(If Thou Must Love Me) 소네트 앞부분이다. "당신이 날 사랑해야 한다면, 아무런 상관없이 / 사랑을 위해서만 사랑해 주세요. 말하지 마세요 // '나는 그녀를 사랑해 미소 때문에, 얼굴 때문에, / 부드러운 말씨 때문에, 내 생각과 잘 어울리는 / 재치 있는 생각 때문에, 그래서 그런 날에는 / 확실히 즐겁고 편안한 느낌을 주었기 때문에' // 사랑하는 이여, 이런 것들은 그 자체가 변하거나 / 당신 때문에 변하니까요, 그렇게 짜여진 사랑은 / 그렇게 풀려 버리기도 하니까요. 내 뺨의 눈물을 닦아 주는 // 당신의 사랑 어린 연민으로도 날 사랑하진 마세요.…"

부인 말의 참뜻을 충분히 이해하지는 못했습니다.

그러나 내 여동생 수옥이가 외동딸 지순이와 함께 나와 한 지붕 밑에 살면서 '사랑의 진실'을 매일 보고 느끼고 깨닫게 됩니다. 고등학교 2학년이 된 지순이는 누가 봐도 착하고 아름다운 처녀이지만 그래서 그 엄마가 그 딸을 사랑하는 것은 아니라고 생각합니다. 그 사랑에는 조건이 없다고 믿습니다. 철두철미 '무조건'입니다.

그 엄마와 그 딸의 사랑이 나로 하여금 "인생은 아름답다"고 느끼게 합니다. 인생의 주제를 파악한 지는 매우 오래되었지만 그 주제를 옳게 파악한 것은 최근의 일이라고 해도 과언이 아닙니다. ─〈파수꾼〉, 2015. 3. 21.

나의 신상발언:
휘트먼의 〈나 자신의 노래〉

휘트먼(Walt Whitman, 1819~1892)의 시 〈나 자신의 노래〉(Song of Myself)[25]에 "나 자신을 설명할 때가 되었소"(It is time to explain myself) 라는 말이 있습니다.[26] 나는 남들이 나

---

25 〈나 자신의 노래〉는 《풀잎》(Leaves of Grass)의 첫머리에 실린 52편의 연작 중 첫 번째 작품(부분)이다. 건방지게 자신을 예찬하는 데다 외설적 표현들이 섞여 있어 출판사가 출판을 거부하기까지 했다. 그러나 시간이 흐를수록 높은

를 오해하는 일에 불쾌감을 감추지 못하는 그런 사람은 아닙니다. 오해를 풀어 보려는 인간적 노력이 더 큰 오해의 원인이 되기 때문에 나는 오해 앞에 언제나 태연합니다.

나는 나 자신을 찬양하고, 노래한다
내가 그러하듯 당신도 그럴 것이다
내게 있는 모든 원자를 당신도 갖고 있을 테니까.
나는 빈둥거리면서 내 영혼을 불러낸다
나는 기대어 편안하게 여름풀의 싹을 살펴본다
나의 혀, 내 피 속의 원자, 그 모든 것이 이 흙과 공기에서 생겼다
여기서 부모에게서 태어났고 부모도 마찬가지, 또 부모의
　　부모도 그렇다
나, 이제 37세, 더할 나위 없는 건강함으로 시작한다
죽을 때까지 그침 없기를 바라며

평가를 받게 되었다. 즉, 나 자신을 찬양하는 것, 당신도 당신 자신을 찬양하리라는 것의 의미를 결합해 이 시는 나와 당신의 '공존의 노래'라는 평을 얻었다.
26 이 시의 영어 원문은 다음과 같다. "I celebrate myself, and sing myself, / And what I assume you shall assume, / For every atom belonging to me as good belongs to you. // I loafe and invite my soul, / I lean and loafe at my ease observing a spear of summer grass. // My tongue, every atom of my blood, form'd from this soil, this air, / Born here of parents born here from parents the same, and their parents the same, / I, now thirty-seven years old in perfect health begin, / Hoping to cease not till death."(출처: www.poetryfoundation.org)

나를 사기꾼으로 몰아붙이는 사람은 없습니다. 나를 방탕아로 따돌리는 사람도 없습니다. 그런데, 나를 '보수·반동'으로 간주하고 깐죽거리는 자들은 우리 사회에 상당수 있는 것 같습니다. 그런 눈으로 나를 보고 그렇게 나를 분류하려는 자들은 대개 자기 자신을 진보와 개혁의 선구자로 자부하고 있습니다.

나를 직접 만나서 '보수·반동'이라고 비난하며 대토론을 벌이자고 제의한 자는 아직 한 사람도 없었습니다. 다만 나의 감정을 건드리고 화나게 하려고 보이지 않는 곳에서 깐죽거리는 '사이비 진보'가 있다는 걸 내가 압니다. 나는 자유민주주의를 표방하는 사람으로, 조국 역사 5천 년에 우리들의 조국을 한번 남의 나라들이 부러워하는 자유민주주의로 만들어 보려는 야망이 있을 뿐인데 왜 나를 '보수·반동'으로 몰아붙이려 하는 겁니까?

군사정권이 유신헌법·유신체제를 강요하던 난처했던 세월에는 아무 말 않고 있다가 우리들의 노력과 희생으로 이만한 수준의 자유민주주의를 누릴 수 있는 세상이 되었으면 조금은 사리에 맞는 언행을 해야지 우리를 오히려 '반동분자'라고 비난하는 것은 예의에 벗어난 짓이 아닙니까?

오늘의 '진보'는 누구입니까? 친북·종북 세력입니까? 이승만보다는 김일성이 훌륭하다는 착각에 사로잡힌 그 사람들입니까? 대한민국이 자유민주주의로 나가는 현실을 악용하여 우리 정치가 한 걸음도 전진하지 못하게 발목을 잡는 자들을 '진보'라고 우러러보는 겁니까? 그런 판단은 상식에 벗어난 것이라는 생각은 꿈에도 하지 않는 겁니까?

나는 자유를 찾아 38선을 넘어 월남하였습니다. 나는 자유를 지키기 위해 감옥에도 갔습니다. 내가 천치나 바보입니까? 나의 IQ도 어지간합니다. 대한민국이 자유민주주의를 선택하였기 때문에 거두게 된 열매를 날마다 즐기면서 김정은의 북한 체제를 찬양하는 자가 있다면 '양심'은 골방에 가두어 놓은 한심한 인간이지요.

분명히 말씀드립니다. 나는 나의 조국의 자유민주주의를 지키기 위해 목숨을 버릴 각오가 되어 있다고 말할 자신이 있습니다.

─〈파수꾼〉, 2015. 10. 7.

길이 더 이상 길이 아니다: 道可道 非常道
휘트먼의 〈큰길의 노래〉

노자(老子)라는 어진 스승은 《도덕경》(道德經)이라는 짧은 책 한 권을 남기고 세상을 떠났습니다. 그는 지금으로부터 2,600년쯤 전에 중국에서 태어났다고 전해지지만 그의 생년월일을 아는 사람은 없습니다.

오늘 서양사람들도 많이 읽는 이 책의 첫머리는 "도가도 비상도"(道可道 非常道) 라는 매우 어려운 한마디로 시작됩니다. "이것이 길이다"라고 할 수 있는 길은 영원불변의 길이 아니라는 뜻으로 나는 풀이하지만, 워낙 심오한 뜻을 담은 글인지라 백 가지 해석이 가능합니다.

그래서 아마 '대도무문'(大道無門) 이라는 말이 생긴 것 아닐까요? 큰길에 문이 있을 리 만무합니다. 어느 정치인이 이 사자성어를 붓글씨로 많이 써서 세상 사람들이 다 읽어 보았습니다. 그를 미워하는 어느 짓궂은 사람이 대도무문의 길 '도'(道) 를 도둑 '도'(盜) 로 바꾸어, "큰 도둑에게는 문이 없다"는 뜻으로 풀이하기도 하였습니다.

미국의 활달한 기상의 시인이던 휘트먼은 〈큰길의 노래〉(Song of the Open Road) 를 읊었습니다.

발걸음도 가볍게, 마음 가볍게, 나 큰길로 간다네
내 앞에 펼쳐진 세상은 건강하고 자유로워
내 앞에 놓인 길고 먼 갈색의 그 길을 어디라도 나는
　　마음대로 간다네
Afoot and light-hearted I take to the open road,
Healthy, free, the world before me,
The long brown path before me, leading wherever I choose

가능하면 '큰길'로 가는 것이 군자의 길이라는 가르침도 있습니다. 사잇길·골목길·뒷길·지름길이 때로는 운치가 있고 낭만적이기는 하지만 그래도 큰길만은 못합니다. 앞서 간 많은 스승들이 밟고 다지고 수없이 걸어간 그 길을 우리도 가야 한다고 나는 믿습니다.

각자가 다 새 길을 마련하여 저마다 제 길을 간다고 야단법석하면 사람 사는 세상이 시끄럽기만 하고 어느 누구도 마음 놓고 살 수 없습니다. 새 길을 개척한답시고 나서서 별나게 굴다가 길을 잃고 마침내 웅덩이에 빠져 죽거나 호랑이에게 물려 죽은 사람도 적지 않다는 사실을 기억할 필요가 있습니다.

                                    —〈파수꾼〉, 2015. 10. 25.

나이 든 이들의 역할:
예이츠의 〈학자들〉

자기 죄는 잊었으리 대머리들
늙었으나 유식하여 존경받는 대머리들
사랑에 실패한 젊은 것들 절망 중에 누워서
얼굴만 예쁘장한 무식한 애인 귀에
아첨하기 위해 적은 몇 줄의 시를
다듬고 해설하는 유능한 대머리들

Bald heads forgetful of their sins,

Old, learned, respectable bald heads

Edit and annotate the lines

That young men, tossing on their beds,

Rhymed out in love's despair

To flatter beauty's ignorant ear.

〈학자들〉(The Scholars)은 아일랜드 시인 예이츠(William Yeats, 1865~1939)가 대머리 된 사람들을 조롱하기 위해 쓴 시는 아니라고 믿습니다. 오늘 대머리가 되기까지 살아온 사람들이 젊은 날에 저지른 죄가 없을 리 없지만 대개 자기의 죄는 잊고 사는 것이 관례가 아니겠습니까. 이 시에서 특별히 지적한 사실은 젊은 시인 지망생들이 시를 쓰는 동기가 얼굴만 예쁘게 생기고 머리는 텅 빈 여자를 사랑하는 까닭에 침대 위에 뒤채면서 시를 쓰게 된다는 것입니다. 즉, 무식한 애인들에게 아첨하기 위해 젊은이들이 시를 쓴다고 판단한 것이 기막히게 즐겁습니다.

그 젊은이들이 지어서 보내준 시들을 읽으면서 깎고 다듬는 유식한 노인들의 모습도 애절하게 느껴지는 한편, 세상은 참 묘하게 돌아간다고 느끼지 아니할 수 없습니다. 공부 많이 했다는 늙은이들의 꼴이 그것밖에 안 되는 것이죠. 검은 머리가 파뿌리처럼 희어지는 것은 참을 만한데 자꾸만 빠지는 것은 정말 곤란한 문제가 아닐 수 없습니다.

시인 예이츠의 노래대로 하자면 이 시대에 대머리들의 역할이 있다는 사실 또한 확실합니다. 나는 예이츠와 함께 오히려 대머리들에게 박수를 보내는 사람이 되고 싶습니다.

─〈파수꾼〉, 2017. 11. 1.

나 같은 바보는 시를 쓰지만: 킬머의 〈나무〉

오늘(2016. 4. 9)은 김병기(金秉騏) 화백의 백수연(白壽宴)이 내 강의실이 있는 태평양회관에서 열리는 날입니다. 평양 서문 고녀 출신의 사모님은 몇 년 전에 세상을 떠나셨지만, 성공한 아들딸이 있어서 보기 드문 다복한 화가라 할 수 있습니다.

이 어른의 100세 생일잔치를 왜 자청해서 내가 하게 되었는가? 그 동기는 간단합니다. 작년에 김병기 화백을 초대하여 내가 사는 집에서 점심을 대접한 적이 있습니다. 이 어른은 오랜 세월 해외에서 작품활동을 하였기 때문에 만나 뵐 기회가 없어 그때 처음 뵈었습니다.

그런데 나는 김 화백의 관상을 처음 보고 우선 감탄하였습니다. 사람은 얼굴만 보면 그 인간의 사람됨을 알 수가 있습니다. 정치인 조병옥(趙炳玉)의 관상을 보고 놀라는 사람들이 많았습니다. 왜? 보통사람의 얼굴이 그렇게 생길 수는 없기 때문입니다. 나는 다른 능력은 타고난 것이 없지만 사람을 보는 능력은 타고났다고 자부하고 있습니다. 조병옥의 관상은 '위맹지상'(偉猛之相)이라고 요약할 수 있었습니다.

그런데 화가 김병기의 얼굴에는 '맑은 바람'(淸風)이 산들산들 불고 있었고, 넘치는 힘은 피카소를 연상케 하였습니다. 그래서 그 자리에서 내가 말씀드렸습니다. "선생님의 백수연은 제가 마련하겠습니다." 그날이 오늘입니다.

금테 두른 정중한 초청장을 50장만 마련하여 이번에 김 화백의 전시회를 주최한 가나미술관에 40장을 주고 나는 겨우 10명의 친구들을 청하게 되었습니다. 그래도 나는 기쁩니다. 나는 킬머라는 미국 시인의 〈나무〉라는 시 한 수를 '백세청풍'의 주인공을 위해 우리말로 옮겼습니다.[27]

---

27 킬머(Joyce Kilmer, 1886~1918)의 〈나무〉(Trees)는 〈맑은 만남〉 2008년 강좌에서도 다뤘다. 그 강의 초록이다. "오늘 영시는 킬머의 〈나무〉입니다. 킬머의 이런 시가 있습니다. 그 첫머리가 '나는 나무 한 그루처럼 아름다운 시를 보게 되리라고는 생각하지 않는다'(I think that I shall never see / A poem lovely as a tree)입니다. 나는 이 시를 어떤 때 많이 외는가 하면 교회에 설교하러 갈 때 앞서 성가대가 성가를 너무 잘 부르는 경우가 있어요. 그러면 내가 나서서 그러죠. 그다음이 내 차례인데, '나는 이렇게 훌륭한 찬양을 듣고 나면 설교하고 싶은 마음이 없어진다.' 그러면 다 웃어요. 시인도 전쟁이 나면 전쟁에 나가요. 이 미국 시인도 제1차 세계대전 종전 해인 1918년에 전사했고, 〈개양귀비 들판에서〉(In Flanders Fields)를 쓴 그 캐나다 군의관 중령 맥크래(John McCrae, 1872~1918) 시인도 전사했습니다. 현재 캐나다에서는 매년 종전 기념일인 11월 11일 11시에 2분간 묵념 후 맥크래의 시를 낭독하거나 배웁니다. 시어가 된 개양귀비꽃은 그 서유럽 전쟁터에서 많이 피어난다 합니다."

나무 한 그루처럼 사랑스러운
시 한 수를 대할 수는 없으리로다

달콤한 젖 흐르는 대지의 품에
굶주린 듯 젖꼭지를 물고 있는 나무

하늘을 우러러 두 팔을 들고
온종일 기도하는 나무 한 그루

여름이면 풍성한 그 품 찾아와
로빈새 둥지 트는 나무 한 그루

겨울이면 그 가슴에 눈이 쌓이고
비가 오면 비를 맞는 다정한 나무

나 같은 바보는 시를 쓰지만[28]
하나님 한 분만이 저 나무 한 그루를[29]

—〈파수꾼〉, 2016. 4. 9.

---

28 시인의 자괴감에 대해 1984년 체코 사람으론 처음 노벨 문학상을 받았던 세
이페르트(Jaroslav Seifert, 1901~1986)도 같은 말을 했다. "수많은 사람이
써온 시구에 나도 몇 줄 보탰지만 귀뚜라미 소리보다 못한 것이었음을 난 잘
알고 있네. 날 용서해 주게, 나의 삶도 끝나고 있네. 저 달나라에 사람의 첫발
을 내디딘 발자국은 아니었어도 어쩌다 잠시 반짝했다면 그건 내 빛 내 소리
가 아니고 반사한 것뿐이네. 나는 사랑했다네. 시를 쓰는 언어를 … 그러나
변명을 아니하겠네. 아름다운 시어를 찾고 캐내어 다듬는 것이 살생보다 한
없이 낫다고 믿기 때문이라네."

147

삶은 마땅히 이어져야:
밀레이의 〈착한 이들 세상 떠나도〉

미국의 여성시인 밀레이[30]의 비탄(*Lament*)이 토해낸 한 줄의
시행(詩行).

　착한 이들 세상 떠나도, 삶은 마땅히 이어져야
　Life must go on, though good Men die

이 한마디가 자꾸만 떠오르는 작금의 심정입니다. 세월호의
비극이 우리들의 일상생활에 스며들어 있기 때문이겠죠.

　희랍시대부터 전해오는 '비극'을 대하는 관중의 태도나 자
세나 감상법을 일러 주는 교본이 따로 있는 것은 아니지만, 누
구나 탄식하며 눈물을 흘릴 자격은 있습니다. 그러나 관중이
저 혼자가 아니기에 그 슬픔은 억제돼야 합니다. 모두가 땅을

---

29 이 시의 영어 원문은 다음과 같다. "I think that I shall never see / A poem
lovely as a tree. // A tree whose hungry mouth is prest / Against the
earth's sweet flowing breast; // A tree that looks at God all day, / And
lifts her leafy arms to pray; // A tree that may in Summer wear / A nest
of robins in her hair; // Upon whose bosom snow has lain; / Who
intimately lives with rain. / Poems are made by fools like me, / But only
God can make a tree."(출처: www.poetryfoundation.org)
30 밀레이(Edna Millay, 1892~1950)는 미국 여성시인이자 극작가로, 퓰리처상
(시부문, 1923)을 받았다.

치며 통곡하면 배우들의 대사가 들리지 않기 때문에, 역사에 남을 만한 엄청난 비극일지라도 공연이 중단될 수밖에 없을 겁니다.

우리는 이 슬픔을 극복하고 일상의 생활로 돌아가야만 합니다. 잃어버린 미소, 사라진 웃음을 되찾아야 합니다. "착한 이들 세상 떠나도, 삶은 마땅히 이어져야" 합니다.

—〈파수꾼〉, 2014. 4. 22.

4부

해마다 피는 꽃은
비슷하건만

ㅇ 한시

오래 살면 얼마나?:
조조의 〈걸어서 하문을 나서며〉步出夏門行

《삼국지》(三國志)에 나오는 조조[1]가 남달리 꾀가 많고 간사한 인물로만 알려져 있지만, 중국 근대의 저명작가 노신은 "능력 있는 사람이다. 조조에게 아주 탄복한다"고 밝혔습니다. 그가 남긴 글들 중에는 〈걸어서 하문을 나서며〉라는 시에서 그는 이렇게 읊었습니다. [2]

신령한 거북이 비록 오래 산다 해도　　　神龜雖壽　猶有竟時
끝나는 때가 반드시 오는 법이고
안개 타고 하늘에 오르는 용이라 해도　　騰蛇乘霧　終爲土灰
언젠가는 떨어져 흙먼지가 된다

---

1 조조(曹操)는 《삼국지연의》(三國志演義)에 등장해서 동북아의 독서인구들에게 유명해진 위무제(魏武帝, 155~220)를 말한다. 권모술수와 임기응변, 그리고 적재적소에 인재를 쓸 줄 아는 용인술에 능한 인물로 알려졌다. 시에서 긍재 김동길 교수가 특별히 좋아하는 시구는 "뜻만은 천리길을 달리고"(志在千里)이다. 2016년 4월 김병기 화백의 '백세청풍' 개인전에 참석해서 이 시를 암송하며 100세 화백의 개인전을 축하했다. 연세가 100세로 깊어졌지만 그 뜻은 더욱 충천한다는 뜻으로 치사했다. 긍재 문하로 가까이 출입하는 이들 가운데는 존경의 마음을 이기지 못해 당신 필적을 갖고 싶어 함은 당연하다. 이에 호응해서, 적어도 지금까지는 필적이라 하면 한자로 시구를 적는 것이 관행임을 유념해서, 긍재가 가장 즐겨 적는 글이 바로 조조의 시구가 아닌가 싶다. 당신은 자랑할 만한 필세는 못된다고 말하지만 서예의 아름다움에도 유념했던 시서화 삼절(三絶) 지망생답게 흔쾌히 붓을 들곤 했다.

늙은 준마 마구간에 엎드려 있어도   老驥伏櫪 志在千里
뜻만은 천리길을 달리고 있고
열사는 비록 늙은 몸이 되었다 해도   烈士暮年 壯心不已
뜨거운 사내 마음은 그대로 탄다

하나님이 천지를 창조하시고 여섯째 날에 만드신 동물들 중에
거북이 끼어 있었다면, 그놈이 오늘까지 살아 있겠습니까. 첫
번째 용이 언제 안개 타고 하늘에 올랐는지는 모르나 그 용이
오늘도 계속 살아서 하늘을 날고 있다고 믿기는 어렵습니다.
언젠가는 땅에 떨어져 흙이 되고 말았을 겁니다. "하물며 인생

---

2 시는 이어진다. "차고 줄어드는 시기야 하늘에 있을 뿐만 아니라 / 기뻐하는
마음을 기르는 복이 있으면 가히 장수를 얻을 수 있다 / 행운이 이르는 곳 어디
인가? 노래로써 마음을 읊어 본다."(盈縮之期 不但在天 / 養怡之福 可得永年 /
幸甚至哉 歌以詠志)
  "난곡 김응섭 서예가를 모시고 글씨 공부를 몇 년 한 적이 있습니다.
이 어른은 추사체(秋史體) 연구의 대가였습니다. 십수 년 전의 일인데,
신세계백화점 화랑에서, 여러 사람들이 소장한 추사작품 전시회가 있
었습니다. 난곡이 초대받고 가서 한번 둘러보고 나서 전시된 작품의
70%가 가짜라고 했습니다. 그래서 그 전시회는 2~3일 만에 문을 닫았
습니다. 요새도 작품의 진위(眞僞)를 가지고 논쟁이 가끔 있고 소송이
붙으면 법원의 검사가 등장합니다. 그런데 예술작품의 '진위'를 가리기
보다 더 어려운 것이 사람의 '진짜'와 '가짜'를 가리는 일입니다. 사람도
한 70%가 '가짜'입니다. 그래도 열에 셋은 '진짜'입니다. '진짜'를 만났
다가 놓치면 그보다 더 큰 손실은 없습니다. '진짜'와 같이 있는 기쁨을
능가하는 기쁨도 없다는 사실도 명심하시길 바랍니다. 나는 오늘도 '기
분이 좋습니다.' 사는 게 재미가 있습니다." -〈파수꾼〉, 2016. 7. 5.

일까 보냐."

동방삭(東方朔)이라는 사람이 3천 년을 살았다는 전설이 있습니다. 그는 젊어서 염라대왕의 수첩을 훔쳐보았답니다. 그랬더니 '동방삭'이란 이름 위에 '삼십'이라고 적혀 있었답니다. 꾀가 많던 그는 몰래 열십자 위에 한 획을 비껴 치니 '열'(十)이 '천'(千)이 되어 할 수 없이 3천 년을 살았다는데 아마도 후회가 막심하였을 것입니다.

아무리 의학이 발달해도 인생이 100세 생일잔치를 하기 어렵고, 120세까지 산다는 것은 거의 불가능하다는 사실을 깨달으면 모든 인간이 조금은 지혜롭게 되리라고 믿습니다.

―〈파수꾼〉, 2011. 5. 4.

자연의 사계절: 도연명의 〈사시〉四時

시인의 탁월한 능력은 잡다한 현상을 간결하게 요약할 수 있다는 사실에 있다고 생각합니다. 물론 언어구사의 천재라는 조건이 전제되는 것이지만!

중국의 시인들 중에서 이태백이나 두보보다 350년쯤 먼저 태어난 도연명(陶淵明, 365~427)이라는 뛰어난 인물이 있었습니다. 그는 입에 풀칠이라도 하기 위해 하급관리로 일하다가 오늘의 강서성(江西省)의 지사 자리를 얻었습니다. 하지만 벼슬에 따르는 얽매임과 감독관의 횡포를 참을 수 없어 취임 80여 일 만에 사임하고 고향으로 돌아가 저 유명한 〈귀거래사〉(歸去來辭)를 읊으며 전원시인으로 일생을 마감하였습니다.

그는 자연의 사계절을 이렇게 묘사하였지요.

봄비 내려 사방 연못물이 가득고	春水滿四澤
여름 구름 뭉게뭉게 모양 기이하고나	夏雲多奇峰
가을 달 높이 떠서 휘황찬란코	秋月揚明輝
겨울 등성 눈 속에 빼어난 외솔	冬嶺秀孤松

—〈파수꾼〉, 2016. 4. 13.

죽음을 무릅쓴 시구 빼앗기: 유정지의 〈대비백두옹〉代悲白頭翁

비명에 세상을 떠난 당나라의 젊은 시인 유정지[3]가 이렇게 탄식하였답니다.[4]

---

3 유희이(劉希夷, 651~679)는 당나라 사람으로 자가 정지(廷芝)이다. 어린 시절부터 문재(文才)가 있었고 진사에 급제했지만 관직을 지낸 적은 없다. 송지문(宋之問)의 사위였는데, 그가 지은 〈백두음〉(白頭吟)의 한 구절 두 구(年年歲歲花相似 歲歲年年人不同)를 자기 것으로 만들려고 사람을 보내 토낭(土囊)으로 눌러 죽였다는 설이 있다(출처: 《중국역대인명사전》).

해마다 피는 꽃은 비슷하건만　　　　　　年年歲歲花相似

해마다 오는 사람 같지 않구나　　　　　　歲歲年年人不同

　　　　　　　　　　　　　　　　　　－〈파수꾼〉, 2011. 10. 13.

답은 않고 마음이 한가롭네:
이태백의 〈산중문답〉山中問答

어제가 올해(2015년) 겨울 중 가장 추운 날이었습니다. 나는 맹산이라는 평안도 산골에 태어났고, 겨울이면 영하 20도가 여러 날 계속되는 대동강변에서 자랐기 때문에 추위에 대하여 겁이 없습니다. 어제 저녁에도 내의는 안 입고, 외투도 없이 평창동에 높이 자리 잡은 아는 교수 집으로 떠났는데 그때 정말 추웠습니다.

　무슨 요리를 한다는 것은 오래전에 예고된 바였는데, 마산이 고향인 이 댁 안주인의 자랑은 '대구요리'라고 들었습니다. '대구알', '대구껍질'도 다 훌륭한 요리의 품목이라는 것을 처음

---

4 이 구절 앞에는 "소나무 잣나무 땔나무 되는 것을 이미 보았고, 뽕밭이 바다로 바뀐 얘기 듣지 않았던가"(己見松柏摧爲薪 更聞桑田變成海)라고 적었다. 한편 시구를 뺏어갔다는 송지문(宋之問, 656~712)은 초당(初唐)의 대시인으로 처세 잘하기로 유명했으나 인품은 좋지 못했다 한다. 《고문진보》(古文眞寶)는 위의 구절이 송지문의 〈유소사〉(有所思)에 들어 있다고 적었다. 내용인즉 "봄에 생각하는 바 곧 인생무상을 노래한 것"이다.

알았습니다.

안주인은 '암'이라는 무서운 병과 싸워 이기고 나서, 20여 년 전에 공기가 맑기로 소문난 이 높은 곳에 집을 짓고 약간 '속세 물이 든' 스님같이 생활해왔다고 합니다. 머리에 염색을 하지 않아 완전한 은발인 이 집 여주인의 모습은 고귀한 유럽의 백작 부인을 연상케 하였습니다.

"왜 이 깊은 산중에 사시나요?"라는 질문은 하지 않았습니다. 다만 이백의 시 한 수를 속으로 읊조렸습니다.

"어찌 이 깊은 산중에 사시나요?" 내게 물으니   問余何事棲碧山
나 대답 않고 빙그레 웃어 내 마음은 한가해   笑而不答心自閑
복사꽃잎 떨어져 물 위에 흘러흘러 간 곳이   桃花流水杳然去
묘연한데
여기가 별천지라, 인간 세상 아니라네   別有天地非人間

― 〈파수꾼〉, 2015. 2. 9.

돌아오지 않는 사람들:
이태백의 〈자야오가〉 子夜吳歌

우리나라는 동족상잔의 6·25 전쟁을 겪은 나라입니다. 북이 남침을 감행하여 전란이 터졌던 1950년에는 그것이 공산주의

와 민주주의의 이념적 대결이었습니다. 전쟁 전에 또는 전쟁 중에 제 발로 걸어서 북으로 간 '의거 입북자들'이 있었습니다. 《임꺽정》의 저자 홍명희나 《딸 삼형제》를 쓴 이태준이 그런 인물들이었고, 전쟁 중에 북으로 끌려간 방응모 〈조선일보〉 사장이나 현상윤 고려대 총장은 '의거 입북자들'이 아니라 '강제 납북자들'이었습니다.

김일성·김정일의 국가보위부는 인민공화국에 필요하다고 여겨지는 인재들을 국경을 가리지 않고 어디서나 잡아갔습니다. 일본의 요코다 메구미를 비롯하여 일본인들도 여럿 끌려 북으로 갔고, 동백림 사건 등은 그런 경위로 북에 갈 수밖에 없었던 불행한 동포들이 있음을 알려줍니다.

근래에 북의 조선적십자사가 마련했다는 '의거 입북자 명단'이 입수·발표되어 물의를 빚고 있습니다. 물론 그 명단에는 어부로서 서해안에서 조업하다 북으로 끌려가 소식을 모르던 인사들이 많지만 북의 적십자사는 해외에서 납북된 17명을 포함, 총 571명의 명단을 작성했던 것이 사실입니다. 그리고 '통영의 딸'이라는 서독 간호사 출신 신숙자와 윤이상의 권유에 못 이겨 북으로 갔던 박사 오길남의 사랑 이야기가 눈물겹습니다.

〈자야오가〉[5]라는 이태백의 시 한 수를 읊조려 봅니다.

장안의 밤하늘엔 달빛 퍼지고	長安一片月
집집마다 다듬이질 소리 요란타	萬戶擣衣聲
가을바람 끊임없이 불어오는데	秋風吹不盡
모두가 옥문관에 얽힌 정일세	總是玉關情
언제면 오랑캐들 다 물리치고	何日平胡虜
내 님은 내 품으로 돌아오시나	良人罷遠征

'김씨 왕조' '오랑캐들' 다 물리치고, 임들이 가족 품에 돌아올 날은 어느 날일꼬 — 생각하니 눈물이 앞을 가립니다.

－〈파수꾼〉, 2012. 2. 2.

가을바람이 소슬히 불 때면:
이태백의 〈정야사〉靜夜思

가을바람이 소슬히 부는 때면 저마다의 사연을 안고 가만히 남몰래 망향가(望鄕歌)를 부르는 사람들이 있습니다. 1,300년

---

5 '자야오가'란 직역하면 한밤중(자야)에 오나라를 생각하며 부르는 노래란 뜻이다. 이 시제(詩題)에서 파생한 일화가 우리 문학사에서 회자된 바 있다. 곧, 1937년 어느 날 영생고보 교사들과의 회식자리에서 백석(白石)을 만났던 기생 진향(眞香)이 당시선(唐詩選) 한 권을 선물했다. 시인은 책에 실린 이태백의 〈자야오가〉에서 따와 '자야'란 이름을 그녀에게 붙여 주었다. 해방 이후 성북동에서 요정 대원각을 운영하며 큰돈을 모은 그녀는 말년에 이를 온전히 법정스님에게 보시했던바, 그녀의 법명 길상화(吉祥華)를 따서 오늘의 길상사가 생겨났다.

전 당나라 시인 이태백도 26세에 가을밤 양주 객사에서 〈정야사〉를 노래했습니다.

평상 앞에 달빛을 보니	牀前看月光
땅에 내린 서리인가 하였네	疑是地上霜
고개 들어 산 위 달을 보고	擧頭望山月
고개 숙여 고향을 생각하네	低頭思故鄕

중국 당나라 시대를 대표하는 시선(詩仙) 이백이 고향을 그리워하는 마음을 담아 쓴 시 〈정야사〉, 중국인이라며 누구나 암송하는 시입니다.[6]

— 〈파수꾼〉, 2018. 3. 27.

---

6 시에 등장하는 자(字)가 태백(太白)인 이백(李白)의 고향을 둘러싸고 중국과 키르기스스탄의 도시 4곳이 서로 치열한 '원조 경쟁'을 벌이고 있다고 〈중국경제주간〉이 보도했다(〈네이버 뉴스〉, 2010. 4. 13). 역사 기록은 이백이 당의 서역 영토였던 안서도호부 수이예청에서 태어나 4살 때 현재의 쓰촨 장여우로 와 자랐으며, 20대에 천하를 주유하며 안루 등에도 머무른 것으로 서술한다. 장여우와 안루는 이백을 내세워 관광산업을 발전시키기 위한 대규모 투자를 하고 있어 결코 물러설 수 없는 처지다. 장여우는 오래전부터 '이백의 고향, 시의 도시'로 홍보하며 이백의 옛집, 이백 기념관 등 이백과 관련된 여행 패키지를 개발했고, 2003년에 '이백 고향'으로 상표등록도 마쳤다. 이백과 관련된 항목에 7억 위안 이상을 투자하며 공을 들여왔다. 이백의 시에서 "안루에 은거해 술을 마시며 10년을 보냈다"는 구절로 등장하는 안루 역시 2002년부터 당시 공원, 시비의 숲 등 이백과 관련한 관광산업에 8천만 위안이 넘는 돈을 투자했다.

꿈같은 인생에 대한 노래:
이태백의 〈우인회숙〉友人會宿

우리보다 한 세대쯤 전에 채규엽[7]이 불러 히트한 유행가가 〈희망가〉입니다. 그 가사는 누가 지었는지 모릅니다.

이 풍진 세상을 만났으니 너의 희망이 무엇이냐
부귀와 영화를 누렸으면 희망이 족할까
푸른 하늘 밝은 달 아래 곰곰이 생각하니
세상만사가 춘몽 중에 또다시 꿈같다

"봄날의 한바탕 꿈"(一場春夢)이라는 한마디는 만인의 입에 오르내리는 일종의 탄식입니다. 봄날의 꿈은 깊은 꿈도 아니어서 눈만 뜨면 그만입니다. 이태백이 〈우인회숙〉에서 이렇게 읊었습니다.

해묵은 시름을 씻어 버리리	滌蕩千古愁
앉은 자리 백 병 술을 마셔 버리네	留連百壺飲
밤은 좋아 이야기는 길어만 지고	良宵宜淸談
달은 밝아 도무지 잠 못 이루네	皓月未能寢

---

7 채규엽(蔡奎燁, 1906?~1949?)은 함남 함흥 출생 대중가수다. 일본 중앙음악학교에서 정식 음악수업을 받았고 1930년 3월 컬럼비아레코드사에서 〈봄노래 부르자〉를 출반하여 직업가수 1호가 되었다.

| 취하여 돌아와 빈산에 누우니 | 醉來臥空山 |
| 하늘이 이불이요 땅이 베갤세 | 天地卽衾枕 |

이렇게 "친구와 함께 이 밤을"(友人會宿)을 읊은 신선 이백의 꿈은 살아 있는가? 천만에! 술 깨면 흔적도 없이 사라지고 그 시 한 수 남았을 뿐인데!

—〈파수꾼〉, 2016. 12. 5.

나라가 망하면 무엇이 남나?:
두보의 〈춘망〉春望

전란에 시달리던 시성(詩聖) 두보(杜甫)가 그의 고달픈 심정을 〈춘망〉이라는 시에서 이렇게 읊었습니다.

나라가 망하니 산과 강물만 있고	國破山河在
성 안의 봄에는 풀과 나무만 깊었도다	城春草木深
시절을 애상히 여기니 꽃이 눈물을 흘리게 하고,	感時花濺淚
이별했음을 슬퍼하니 새조차 마음을 놀라게 하는구나	恨別鳥驚心
전쟁이 석 달을 계속 이었으니	烽火連三月
집의 소식은 만금보다 값지도다	家書抵萬金
흰머리를 긁으니 또 짧아져서	白頭搔更短
다 모아도 비녀를 이기지 못할 것 같구나	渾欲不勝簪

—〈파수꾼〉, 2016. 11. 8.

163

바람에도 물결치지 않는 수면:
소강절의 〈청야음〉淸夜吟

죽은 뒤 바쳐진 이름 시(諡)가 '강절'(康節)인 시인의 본명은 소옹(邵雍, 1011~1077)입니다. 그가 지은 시의 제목 〈청야음〉은 "맑은 밤에 읊다"라는 뜻입니다.

달이 중천에 떠 있고	月到天心處
바람이 수면에 일 때	風來水面時
이렇게 청아한 뜻을	一般淸意味
아는 이 적음을 알았노라	料得少人知

구름 한 점 없는 밤하늘 한가운데 떠 있는 달, 부는 바람에도 물결이 일지 않는 수면은 단순한 경물이 아니라 명리(名利)를 떠난 천리(天理)의 경지를 담고 있습니다.

―〈목요서당〉강의록, 2018. 7. 26.

젊은이를 위한 예언:
주희의 〈권학문〉勸學文

노인들을 위하여 이 글을 쓰는 것이 아닙니다. 나는 오히려 오늘 젊었다고 자부하는 철없는, 철모르는 젊은이들에게 한마디

예언을 하고 싶을 뿐입니다. 그래서 오늘 늙은 이 몸이 젊은
날을 돌이켜 보면서 한마디 합니다.[8]

중국의 주희(朱熹, 1130~1200)라는 대학자가 이렇게 탄식
하였습니다.

내일 있으니 오늘 배우지 않아도　　　勿謂今日不學而有來日
된다고 말하지 말라
내년 있으니 금년에 배우지 않아도　　　勿謂今年不學而有來年
된다고 말하지 말라

---

8 금재는 주희의 시 〈권학문〉을 만나기 훨씬 앞서 근면(勤勉)을 권면하는 찬송가
를 만났다. "'어둔 밤 쉬 되리니 네 직분 지켜서 / 찬 이슬 맺힐 때에 즉시
일어나 / 해 돋는 아침부터 힘써서 일하라 / 일할 수 없는 밤이 속히 오리
라.' 내가 '어린이 주일학교'에 다닐 때 배운 찬송가의 1절입니다. 3절까
지 있는데 '일할 때 일하면서 놀지 말아라'는 말도 있고, '그 빛이 다하여
서 어둡게 되어도 할 수만 있는 대로 힘써 일하라'는 구절도 있습니다.
이 찬송가를 부르며 80년 이상을 살았습니다. 그런데 90이 된 오늘처럼
이 노래의 절실함을 뼈저리게 느껴 본 적은 없습니다. '그 빛이 다하여
서 어둡게 되어도 일할 수 있는 대로 힘써 일하라'는 마지막 한마디에
큰 힘을 얻습니다. 동해에 해가 솟으면서 오늘 하루는 시작되었습니다.
서쪽 수평선에 해가 넘어가면 우리들의 하루가 끝납니다. 우리들의 인
생이 끝납니다. 그걸 모르고 어리석은 삶을 살았습니다. 우리 모두에게
내일은 없다고 믿는 것이 올바른 믿음입니다. 인간의 '생'과 '사'가 오늘
하루에 있다는 걸 모르고 사는 사람은 어리석은 사람입니다. 해가 서산
에 다 넘어가기 전에 열심히 사랑하겠습니다. '빛이 있는 동안에 빛 가운
데로' 가겠습니다. 최선을 다하여 이웃을 사랑하겠습니다. 그것이 주님
이 나에게 주신 유일한 부탁인 동시에 내가 가장 하고 싶은 일이기 때문
에! 일할 수 없는 밤은 속히 옵니다." ─〈파수꾼〉, 2017. 12. 5.

세월은 나를 기다려 주지 않는다네   日月逝矣 歲不我延
오호라 나 이제 늙었으니 이것이   嗚呼老矣 是誰之愆
누구의 잘못인고

— 〈파수꾼〉, 2013. 7. 23.

젊은이 늙기 쉽고:
주희의 〈소년이로〉少年易老

"세월이 쏜살같다"는 말을 어려서부터 들었지만 그 말의 참뜻
을 모르고 살았습니다. 세월은 시위를 떠난 화살같이 빠르다
는 말의 뜻을 헤아리지 못한 채 예순 회갑을 맞았습니다. 그때
부터 세월의 속도가 붙었을 뿐 아니라 세월은 거쳐야 할 데를
거치지도 않고 '쏜살'같이 흐름을 느꼈습니다.

회갑에서 칠순은 직행한 느낌입니다. 칠십을 넘은 뒤에는
눈 한번 껌벅하면 한 해가 갑니다. 고희가 어제 같은데 어느덧
여든둘, 내일 아침부터는 스스로를 '83수 노인'이라고 부를 수
있게 되었습니다. 오늘 젊었다고 자부하는 후배들에게 주희
선생의 시 한 수를 풀이하여 경고합니다.

젊은이 늙기 쉽고 학문 대성하기 어려워   少年易老學難成
그런즉, 일 분 일 초도 가볍게 여기지   一寸光陰不可輕
말아야 해

연못가의 봄풀은 아직 그 꿈에서　　　　未覺池塘春草夢
깨어나지 못하였거늘
계단 앞 오동나무 잎새에는 벌써　　　　階前梧葉已秋聲
가을바람 분다네

－〈파수꾼〉, 2009. 12. 31.

모두 때가 있다:
주희의 〈관서유감〉觀書有感

송대(宋代)의 대표적 선비 주희의 〈관서유감〉의 두 번째 시
입니다.

　'자유론'이라는 말을 정치적으로 생각하는 경우가 있습니다.
우리 동양 문화권에서는 자유라는 말이 잘 이해가 안 되니까
요. 가령 '자유자재' 같은 말은 있지 않아요? 내가 즐겨서 여러
사람에게 가르친 한시 가운데 이런 시가 있어요.

어젯밤 강변에 봄비 내려서　　　　昨夜江邊春水生
크나큰 배 한 척 터럭처럼 가볍구나　　　艨艟巨艦一毛輕
애써서 밀어도 소용없더니　　　　向來枉費推移力
오늘은 물길에 저절로 가네　　　　此日中流自在行

간밤에 봄비 내려 강변에 물이 났네. 이런 그 배가 하나 강변에 걸렸는데, 이게 밀어도 끄떡도 하지 않네. 암만 노력해도 안 됩니다. 그런데 간밤에 봄비가 내리니까, 아 여태껏 미느라고 공연히 애만 썼네. 암만 밀어도 안 되더니 오늘은 강 한가운데 두둥실 잘도 떠가구는구나. 자유자재로 간다.

배가 맘대로 왔다 갔다 하네. 이것은 정치적 용어가 아닙니다. 정치적 뉘앙스가 없는 표현입니다.

— 〈맑은 만남〉 강의록, 2009. 12. 31.

아, 안중근!: 원세개의 〈만시〉輓詩

"한국의 안중근을 보라! 중국의 젊은이들이여, 왜 썩어 문드러진 청조(淸朝) 하나도 때려눕히지 못하고 이 꼴인가." 이 말에 힘을 얻어 중국의 청년들은 청조를 타도하는 신해혁명을 일으켜 성공하였습니다. 그 시대의 원로 정치인 원세개[9]는 안 의사의 순국을 애도하는 〈만시〉를 한 수 읊었습니다.

---

9 원세개(袁世凱, 1859~1916)는 중국의 군인이자 정치가다. 총리교섭통상대신으로 조선에 부임해서 조선 국정을 전단(專斷)했고 일본과 러시아를 견제했다. 청일전쟁에 패한 뒤 서양식 군대를 훈련시켜 북양군벌의 기초를 마련했으며 신해혁명 때 청나라 조정의 실권을 잡고 임시총통에 올라 스스로 황제라 칭하였다(출처: 《두산백과》).

평생 경영하신 일 이제 끝났소	平生營事只今畢
죽을 땅에서 살려는 것은 장부가 아니고말고	死地圖生非丈夫
비록 삼한(작은 땅 한국)에 태어났으나	身在三韓名萬國
그 이름 만방에 떨치나이다	
백세를 사는 이도 없는 세상에 죽어서	生無百歲死千秋
천년만년 이름 빛나리	

안중근은 바위틈에서 솟아난 인물이 아니고, 이 겨레의 정신적 유산을 물려받은 사나이였을 뿐입니다. 손짓하며 오라는 이성계의 부름에 "노"라고 한마디 던지며 고려조의 충신이 그럴 수 없다고 깨끗하게 거절하였기 때문에 정몽주는 선죽교에서 칼을 맞았건 몽둥이를 맞았건, 피를 철철 흘리며 세상을 떠났습니다. 비록 고려조는 망하고 정몽주는 숨을 거두었지만, 그의 죽음으로 인하여 그도 살고 고려조도 살았습니다.

그 정신이 성삼문을 비롯한 사육신의 가슴에 전해지고, 그 정신이 이순신으로 하여금 조선조를 건지게 했습니다. 또 그 정신이 안중근을 낳았고[10] 이봉창·윤봉길을 만들었고, 그 정신이 살아서 꾸준히 항일투쟁을 계속하게 하였습니다. 우리가

---

10 안중근 의사의 옥중 휘호엔 《논어》(論語), 《사기》(史記)에서 따온 교훈적 구절이 많았다. "見利思義 見危授命"(이로움의 처지를 당하면 의로운 것인지를 생각하고, 나라가 위태함을 당하면 목숨을 바친다)이라는 공자의 일행시(一行詩)가 그것이다. 긍재도 후배들에게 곧잘 이 구절을 휘호해 주곤 한다.

일제를 물리치고 독립을 되찾고, 대한민국이 오늘 이렇게 잘사는 나라가 된 것이 모두 그 정신 덕분이 아니겠습니까.[11]

— 〈파수꾼〉, 2010. 3. 27.

'정치'의 정체가 무엇인가?:
무명씨의 〈격양가〉擊壤歌

옛날 농경사회의 꿈은 정치가 없는 세상에 사는 것이었습니다. 중국에서 가장 오래된 시(詩) 가운데 하나가 〈격양가〉입니다.

해 뜨면 농사짓고	日出而作
해 지면 휴식하네	日入而息
우물 파서 물 마시고	鑿井而飮
밭 갈아서 밥 먹으니	耕田而食
제왕인들 이런 나를 건드릴 수 있으랴	帝力于我何有哉

---

11 2018년 4월 10일 김병기 화백의 만 102세 생일 잔칫날. 장수클럽 멤버 사이에서 최근의 좌편향 시국에 대한 염려가 감돌았다. 이를 의식한 듯 이용만(李龍萬, 1933~) 전 재무장관이 한마디 부탁했다. "한민족의 기백은 원세개의 〈만시〉를 인용하면서 안중근이 보여주었다. 그런 기개라면 자유민주의 길에서 이 나라가 지켜질 수 있다고 믿는다"고 한마디 했다. 긍재는 그 〈만시〉의 족자 영인본을 로스앤젤레스에 사는 교포 집에서 보았고, 그래서 적어왔다 했다. 영인본을 나눠준 그 자리에서 시를 낭송할 적에 "백세를 사는 이도 없는 세상에" 구절에 이르러 옆에 102세의 어른이 앉아 있으니 "백세를 사는 이가 드문 세상에"로 바꾸어 읽어야겠다고 했다. 좌중에 웃음꽃이 일었다.

그러나 사람들이 많아지고 저마다 더 먹겠다고 욕심을 부리니 제왕의 힘이 필요하게 됩니다. 힘도 세고 양심도 살아 있는 그런 지도자가 나타나서 국가라는 큰 울타리를 만들어 백성을 다스리지 않고는 혼란과 무질서가 판을 치게 됩니다. 뒤죽박죽인 세상에서는 누가 옳고 누가 그른지 분간하기 어렵고 백성의 살림은 도탄에 빠지기 마련입니다.

오늘의 민주주의라는 정치이념이 과거의 어떤 정치이념보다도 앞선 것은 사실인데 선거 때가 되면 협잡꾼들이 하도 많이 끼어들어 '판'을 어지럽게 만들기 때문에 유권자들은 "선택의 여지가 없다"는 말을 자주하게 됩니다. 이런 협잡꾼들을 몰아내기 위하여 '혁명'이 불가피한데 그런 혁명이 성공하기도 매우 어렵다는 사실을 명심해야 합니다.

민주정치가 제대로 자리 잡고 백성들이 〈격양가〉를 부르는 그런 날은 영영 오지 않겠죠? 답답하기 짝이 없는 작금의 우리 정치현실입니다.

― 〈파수꾼〉, 2015. 3. 23.

5부

감을 먹고 있는데
종소리 들리는구나

○

일본시

눈물의 사모곡:
이시카와 다쿠보쿠의 〈장난삼아〉

지난 어버이날에도 일본의 천재시인 이시카와 다쿠보쿠[1]의 시 한 수를 읊으며 새벽에 혼자 울었습니다. 일본말로 읊으면 더욱 간절하게 느껴지지만 어쩔 수 없이 우리말로 옮깁니다.[2]

장난삼아 엄마를 등에 업고서

하도 가벼우심에 눈물이 나

세 발짝도 나는 걷질 못했습니다.

이 시를 읽고 울지 않을 노인이 있겠습니까?[3] 이 시인은 가난

---

1 이시카와 다쿠보쿠(石川啄木, 1885~1912)는 평북 정주 출신 시인 백석(白石, 1912~1996)과도 인연이 깊다. 백석은 본명이 백기행(白蘷行)이었는데 일제 말기에 이시카와 다쿠보쿠를 존경한 나머지 그의 이름 '이시카와'(石川)에서 '석'(石)이라는 글자를 따와 '백석'이란 필명을 지었다.

2 일본 메이지시대 시인의 7절(節) 구성 시 〈나를 사랑하는 노래〉에서 2절 중 둘째 연이다(이시카와 타쿠보쿠, 《이시카와 타쿠보쿠 시선》, 손순옥 옮김, 민음사, 1998, 86~96쪽). 긍재가 간절하다고 느꼈던 일본어 원문은 이렇다. "たはむれに母を背負ひて / そのあまり軽きに泣きて / 三歩あゆまず."(출처: www.poetnpoem.com).

3 "어머님은 살아 계신 가장 거룩한 존재(Mother is the holiest thing living). 서양사람들도 어머니를 그리워합니다. 어머님의 그 품에 우리들의 생명줄이 있었습니다. 나의 어머님이 천국에 계시지 않다면 나는 그 천국에도 가고 싶은 마음이 없습니다."-〈파수꾼〉, 2016. 5. 8.

하고 병들어 27세에 세상을 떠났지만 그의 시 한 수는 오늘 새벽에도 나를 울립니다. "어버이 그린 뜻은 많고많고 하고하고" 그래서 인생은 슬프지만 아름답습니다.   －〈파수꾼〉, 2015. 5. 11.

금지곡 암송:
시마자키 도손의 〈첫사랑〉

나는, 우리 어머님 말씀이, 돌이 되기 전에 〈심청가〉(沈淸歌)를 불렀다고 합니다(이 말을 믿지 않는 '불신자'(不信者)들이 많습니다). 믿지 않는 사람들에게 할 말은 없지만, 내가 맹산 시골집에서 겨우 서서 문고리를 잡고 〈심청가〉를 부르다 그 문고리가 빠져서 넘어졌다고 사실적으로 보충 설명을 해도 믿지 않는 사람들에게 특효약은 없습니다.

그러나 내가 나이 여든여덟에 TV 프로그램 〈낭만논객〉에 출연하여 한시(漢詩), 영시(英詩), 시조(時調)를 아무것도 보지 않고 연습도 않고 그 자리에서 한 자도 틀리지 않고 읊조리는 것을 보고는 우리 어머님의 '허황된' 주장이 노상 과장은 아닌 것 같다고 조금은 고개를 끄덕일 사람들도 있을 겁니다. 일본시(日本詩)는 일제 잔재라 감히 TV에서 읊어 볼 수 없는 '금지곡'들이지만, 일제강점기에 교육을 받은지라 일본시 암송

은 나로서는 매우 쉬운 일입니다.[4]

이제 갓 말아 올린 앞 머리카락
사과나무 아래로 보였을 적에
앞머리에 꽂으신 꽃무늬 빗이
꽃다운 그대인 줄 알았습니다.

상냥하게 흰 손을 내밀어 주며
사과를 건네주신 그대에게서
연분홍빛 가을의 예쁜 열매로
처음으로 사랑을 알았습니다.

---

4 일본 〈산케이신문〉 서울특파원 구로다 가쓰히로(黑田勝弘, 1941~)가 2018년
3월, 김동길 교수를 예방했다. 그즈음 나온 일본 측에서 본 한일관계의 어려움
을 적었다는 서평의 《날씨는 맑으나 파고는 높다》(조갑제닷컴, 2018)를 기화
로 긍재의 '가신'(家臣)인 재일교포 황무영(黃武榮, 1942~) 회장이 길을 잡았던
것. 손님대접을 위해 〈파수꾼〉 애독자인 경남 마산 출신 아낙이 주산지 거제시
외포항에서 구해온 대구 생선으로 고향식 대굿국을 끓였다. 껍질튀김·알젓카
나페·전·양념구이·장재젓·장재김치도 곁들인 코스요리였다. 식후 환담 때
긍재는 손님환대의 뜻으로 시마자키 도손(島崎藤村, 1872~1943)의 〈첫사랑〉
을 암송했다.
　　그리고 2017년 10월 중순이었다. 일제 때 목포에서 어렵사리 고아원을 시작
했던 윤치호(尹致浩)의 아들 윤기(尹基) 재일교포가 꾸린 노인 복지시설 개관
식에 참석하려고 긍재는 도쿄로 갔다. 지인 몇몇도 동행했다. 거기서 한일관계
장래 등에 대해 연설하고는 끝자락에 어린 날에 익혔다던 일본 낭만파 시인
도손의 시를 낭랑하게 암송하자 일본 청중들 반응은 하나같이 "간토시마시
다"(감동했습니다)였다. 이구동성이었다.

177

나도 모르게 내쉰 작은 한숨이
그대의 머리칼에 닿았을 적에
한없이 감미로운 사랑의 잔을
그대와의 연정에 기울입니다.

과수원 사과나무 그 아래에서
언제부턴가 생긴 이 오솔길이
누가 만들어 주신 자국인지를
물으시는 것조차 사랑입니다.

― 〈파수꾼〉, 2015. 8. 19.

일본문학, 하이쿠

일본사람들은 와카·하이쿠[5] 대회를 거의 늘 해요. 그리고 일본의 탁구선수 노릇을 하다가 시코쿠(四國)이면 시코쿠를 걸어서 다니면서 이 절에도 가 보고 저 절에도 가 보고 하는, 그런 여자도 한 번에 하이쿠 하나씩 짓더라구요.

뭐 아주 유치하게도 들리지만, 하이쿠는 이런 게 있어요.

---

5 와카(和歌)는 '야마토우타'(大和歌), 곧 '일본의 노래'의 준말로서 일본의 사계절과 남녀 간 사랑을 주로 노래한 5·7·5·7·7의 31자로 된 일본의 정형시이다. 한편 하이쿠(俳句)는 5·7·5의 17자만으로 계절을 넣고 자기 정감을 노래하는 단가(短歌)이다 (출처: 《위키백과》).

감을 먹고 있는데, 종소리 들리는구나. 법륭사

柿食へば 鐘が鳴るなり 法隆寺

"감을 먹고 있는데(가키구에바), 종소리 들리는구나(가네가나루나리). 법륭사(호류우지)" 우리는 이걸 잘 이해 못하지만, 일본사람들은 그게 마사오카 시키[6]라는 유명한 사람의 시 하이쿠임을 압니다.

그거만 딱 들으면 야! 가을풍경이 눈에 선한 거예요. 감(柿, 가키)은 가을에 익는 거 아니에요? 그걸 먹는데 아! 법륭사의 종소리가 들려, 그 풍경을 그만큼만 노래하는 거예요.

마쓰시마(松島)라 하는 데가 있어요. 도쿄에서 동북쪽으로 센다이(仙台)에서 한참 가면 마쓰시마가 나오는데, 어느 시대를 막론하고 풍류객들을 매료시키는 정취 있는 명승지로 유명합니다. "일본 제일의 절경, 그 아름다움은 동정호와 서호 같은 중국의 명승지와 견주어도 전혀 모자람이 없어라"라고 마쓰오 바쇼(松尾芭蕉, 1644~1694)가 기행문에서 절찬한 마쓰시마 만(灣)은 260여 개에 이르는 크고 작은 섬들이 빼어난 아름다움을 자랑하는 일본을 대표하는 경승지로, 사시사철 눈부신 절경을 감상할 수 있습니다.

---

6 마사오카 시키(正岡子規, 1867~1902)는 에히메(愛媛)현의 마쓰야마(松山)시 출신으로 하이쿠 혁신에 열심이었던 시인이었다.

바쇼라는 사람이 노래하는 가인이에요. 전국을 다니고 고생스럽게 살았겠지요. 그러면서 하이쿠 시조를 짓는데, 일본에서 제일 유명한 하이쿠 가운데 하나가 그거예요. 마쓰시마가 경치가 좋지요.

마쓰시마야
아! 마쓰시마야
마쓰시마야.

이것밖에 없어요. 거기 가서 딱 그 시를 하이쿠를 생각하면 '야, 과연 잘 읊었다!'[7] 그런 생각도 듭니다.

— 〈맑은 만남〉 강의록, 2007.

---

7 "벚꽃 그늘에 / 국물도 생선회도 / 꽃잎이로다" 또는 "남의 말 하면 / 입술이 시리구나 / 가을 찬바람"도 바쇼 작품이다. 전자는 벚꽃놀이 주연(酒宴)이 한창인데 꽃잎이 끊임없이 술안주로 떨어지고 있는 정경을, 후자는 우리 시조 "말로써 말 많으니"와 한 가닥이다(마츠오 바쇼오, 《마츠오 바쇼오의 하이쿠》, 유옥희 옮김, 민음사, 1998).

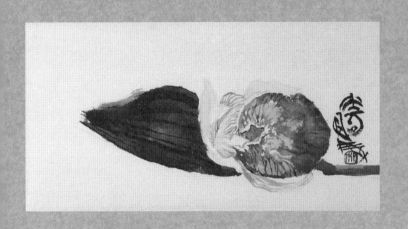

박대성, 〈야생화〉, 2017, 종이에 먹, 18×56cm

김동길 교수의
시사랑에 대하여

김형국 (서울대 명예교수)

긍재 김동길 교수[1]의 시낭송 현장과 처음 마주친 내 느낌은, 누구 말처럼 "벼락 치듯 다가온" 한순간의 전율이었다. 1960년대에 어쩌다 서울을 찾았던 세계적 교향악단이, 한참 이후 이 관행은 사라졌지만, 본격 공연에 앞서 연주했던 〈애국가〉에 눈시울

---

1 직업 가운데 교수는 대사, 목사와 함께 평생 따라다니는 존칭이다. 대학교수로 일해 본 내 체험을 돌이켜 보면 교수진에서 좀 아래 경우는 '박사', 비슷한 연령 대는 '교수', 나이가 손위라서 좀 어려운 사이는 '선생(님)'이라 부르던 것이 관행이 아니었나 싶다. 김동길 교수는 내가 뒤늦게 가까이 만날 수 있게 된 스승인지라 어쩐지 위의 어떤 호칭도 "치수가 맞지 않고", 대신 아호로 지칭함이 오히려 무난하겠다 싶었다. 아호는 사람들의 태생지로 즐겨 정하곤 하는데, 당신이 자주 적던 '산남'(山南)도 그런 유형이다. 출생지가 대동강 상류인 평안남도 맹산군의 원남면이어서 거기서 한 자씩 딴 것이다. 한편, 지난 반생의 당신 궤적이 링컨 연구와 그 현창임을 미쁘게 보았던 은사 백낙준(白樂濬, 1895~1985) 연세대 총장이 링컨의 한자식 표기인 '임긍'(林肯)과 당신의 아호인 '용재'(庸齋)에서 각각 한 자씩 취하여 '긍재'(肯齋)라 지어 주었다. 그리고 더러 아호를 모르는 이들은 그의 고향 이름을 바로 따다가 '맹산 어른'이라 부르는 경우도 있었다. 그럴 만도 한 게, 긍재가 색지(色紙)에 시구를 적어 놓곤 '맹산인'(孟山人)이라고 낙관한 경우를 만날 수 있었기 때문이었다. 나도 더러 '맹산'을 입에 올림은 내 고향 마산과 돌림자가 같은 친근감 때문이었다.

적셨던 기분이었다고나 할까.[2] 서양 고전음악 본고장에서 온 저명 악단이 한반도 땅의 이 '보잘것없는 개발도상국' 국가(國歌)를 들려주다니 바야흐로 가슴 찡한 순간이 아닐 수 없었다.

혼 소리 울림이었다

그 순간 그 날짜를 정확히 기억한다. 내가 처음 그 모임에 나갔던 날은 2015년 4월이었다. 미국 16대 대통령 링컨의 생년월일 가운데 생일이 12일임을 기억해서 매달 12일 정오에 열리는 것이 원칙인 '링컨 아카데미'가 그 4월은 12일이 일요일이었기 때문에, 대신 10일에 있었다. 서대문구 대신동 소재의 한 건물 회의실에서 열리던 시절이었다.

아카데미는 긍재가 직접 링컨 일대의 각종 주제[3]에 대해 말

---

2 6·25 전쟁이 끝난 뒤 1950년대 중후반, 전후 복구기에 우리 사회는 도무지 외국 교향악단을 초청할 경황도 여유도 없었다. 1950년대 말 보스턴 교향악단의 내한연주는 일종의 문화원조였고, 한 신문사 주선으로 1964년 10월 말 런던 교향악단이 찾은 것이 공식적인 첫 내한공연이었다. 이틀간의 공연은 당대 명장이던 영국의 데이비스(Colin Davis, 1927~2013)와 헝가리 출신 케르테스(Istvan Kertesz, 1929~1973)의 지휘로 단원 모두가 기립해서 들려준 〈애국가〉 한 곡으로 초장에 한국 애호가들을 감동으로 몰아넣었다.

3 2017년 링컨 아카데미의 매달 주제는 "남북전쟁의 역사적 의미", 링컨의 혈통·건강법·아내 메어리 타드·아이들·친구들·노동·공직·장사, "죽어도 사는 사람 링컨" 등이었다.

해 주는 경우가 많았다. 링컨을 따라 배우게 할 취지로 후학들에게 발표를 시키는 경우에는, 끝날 즈음 그날 배움의 선후·좌우를 정리하는 말을 덧붙여 주곤 했다. 그 정리 말 가운데서 불쑥 들려온 것이 영국 시인 테니슨의 〈사주를 넘어서〉[4]라는 '사세가'(辭世歌) 였다. 영어 암송에 이어 우리말로 되풀이 낭송해 주었다.

당신의 기독교 믿음을 더해 주는 시정(詩情) 이라 그러했겠지만 "나 주님 뵈오리 직접 뵈오리"로 끝나는 구절에 이르러 감격에 겨운 당신의 목소리는, 마치 심금을 울린다는 혼(horn) 악기 소리처럼, 떨리듯 울려왔다. 2016년 2월에 100회로 끝난, 한동안 세간에 인기리에 매주 방영된 TV 조선의 〈낭만논객〉 프로그램을 즐겨 본 시청자들도 육성은 아닐지라도 테니슨의 시[5]는 물론 긍재가 좋아하는 국내외 고금 명시(名詩) 낭송을 보고 들었을 것이다.

대학에서 영문학을 전공한 긍재가 영시를 사랑해왔음은 당연하다. 그러나 "배워 알았다" 해서 반드시 사랑하는 것이 아

---

4 이 시의 영어 제목인 〈Crossing the Bar〉 중에서 'Bar'는 'sand bar' 곧 사주 (砂洲)를 말한다. 호수 근처에서 모래와 자갈로 이뤄진 퇴적지형으로 석호 (lagoon)가 있다는 말이다. 길쭉한 모양에 높이는 해면에서 10m 이내다(출처: 《두산백과》).

5 테니슨의 〈사주를 넘어서〉 시낭송은 이를테면 2014년 12월 25일, TV 조선의 〈낭만논객〉 크리스마스 특집 프로그램에서도 들을 수 있었다.

니겠지만, 긍재는 앎과 사랑의 동시 병행이다. 당신의 애송시 가운데 테니슨은 물론이고 이를테면 미국 시인 킬머의 〈나무〉 같은 꽤 긴 시를 영어로, 그리고 당신이 직접 옮긴 우리말 시어(詩語)로 암송하는 모습을 만날 때면, 텔레비전 방송 카메라 앞에다 프롬프터(teleprompter)를 세워 놓고 따라 읽는 줄 아는 시청자도 많았단다. 천만의 말씀!

현장을 직접 목격하면서 긍재의 암송 능력에 대해 크게 감격·찬탄했던 바는, 중·고교 국어수업 시간에 적잖이 시낭송 교육을 받았음에도 이후 이상할 정도로 암송을 자신할 만한 시·시조가 거의 전무한 내 딱한 처지 때문인지도 모를 일이다. 그 시절, 시암송에 대한 교사의 '압력'이 꽤 높았음에도 말이다.

고 3 때인가 국어 담당이자 시단(詩壇)에 이미 이름을 올렸음을 자랑삼던 담임선생은, 정송강(鄭松江)의 〈관동별곡〉(關東別曲)을 제대로 암송하기에 이른 경우에만 우리에게 하교를 허락했다. "강호에 병이 깊어 죽림에 누웠더니, 관동 팔백 리 방면을 맡기시니, 아, 성은이야 갈수록 망극하다. 연추문 들이달려 경회 남문 바라보며, 하직하고 물러나니 옥절이 앞에 섰다"고 중얼중얼거린 덕분에 그때 나도 남보다 늦게, 겨우 하교 한 학생은 아니었다.

뽕짝도 거침없었다

그런데 지금은 왜 이렇단 말인가? 무슨 일이든 변명은 많고 많다. 무엇보다 세상에 나아가 입신하려고 몸부림치는 사이에 옛 선비들이 그러했다던 음시(吟詩)의 마음 여유를 갖지 못했음이겠다. 부차적으로는 체질인가 취향인가로 가무(歌舞)에 대한 소질이 절대 함량미달이었음을 자인하지 않을 수 없다.[6]

시는 곧 노래라 했다. 노래로 말하자면 그것도 1950년대 후반에 전국적 가요로 우뚝 솟았던 남인수의 〈이별의 부산정거장〉도, 한명숙의 〈노란 셔츠 입은 사나이〉도 한번 따라 불러보지 못했다. 가사가 온전히 기억나지 않았음도 한 이유였다.

내가 대중가요 입 음치임을 왜 말하느냐 하면, 명시 사랑의 궁재는 대중가요도 내 기준에서 보면 모르는 게 없었다. 이전에 그를 따라 일본 등지로 '수학여행'에 나섰던 매유회[7] 회원들

---

6 시의 운문(韻文)과 거리가 있게 된 데는 연학(硏學)이 사회과학 전공인 나는 주로 산문(散文) 스타일과 주로 씨름해야 했던 점, 그리고 지방적 성향에서 판소리 고장 전라도의 만연체(蔓衍體)보다 간결체(簡潔體) 체질이기 쉬운 경상도 출신이란 점이 작용했을지도 모를 일이었다. 그러나 산문 때문에 시를 가까이 하지 못한다는 내 말은 어설픈 변명에 지나지 않음을 뒤늦게 선현의 말에서 깨달았다. "산문의 언어와 시의 언어 사이에 본질적 차이가 없다. … 모든 훌륭한 시는 강력한 감정이 저절로 넘쳐흐르는 것"이란 그(윌리엄 워즈워스)의 지론이 밑받침된 것인데 시나 산문이나 그 심리적 원천은 출처가 같다는 것이다(윌리엄 워즈워스, 《하늘의 무지개를 볼 때마다》, 유종호 옮김, 민음사, 2017, 118쪽).

이 모두 기억하고 있듯, 나도 뒤늦게 2015년 봄에 유명 온천으로 이름난 도쿄 북방 일본 쿠사츠(草津) 지방을 찾아 나선 수학여행 길에 김정구의 〈눈물 젖은 두만강〉 등 흘러간 대중가요 여럿을 전세버스 차 중에서 구성지게 불러주어 따라나섰던 후학들의 여행길이 더욱 흐뭇 훈훈했던 적 있었다.

시암송 주크박스

나름대로 짚어 보니 긍재의 지극한 시사랑에는 일단 교육적 계기가 있었다. 2008년 5월부터 만 10년간 매일 내보낸 디지털 글쓰기 〈파수꾼〉에 우선 우리 시조를 널리 익히게 된 연유 하나를 자세히 적어 놓았다. "사랑이 어떻더냐"[8] 제하 글이 그것. 압축해서 정리하면 이렇다.

---

7 '매유회'(梅遊會)는 김동길 교수를 따라 일본으로 수학여행을 하던 도중에 가나자와(金澤) 일본육군형무소의 윤봉길 의사 처형장을 찾았던 탐방을 기억해서 윤 의사의 아호 '매헌'(梅軒)에서 따온 이름이다.

8 "이 시조의 뜻을, 깊은 뜻을, 어린 마음에 다 헤아릴 수는 물론 없었지만 사랑이 신비로운 것이라는 막연한 인식은 그때에도 가지고 있었습니다. 《우리말 큰 사전》에 약 10만 단자가 수록돼 있다고 들었는데 5천만 한국인에게 그중에서 가장 마음에 와 닿는 낱말 하나를 고르라고 한다면 그것이 어떤 낱말일지 짐작이 가십니까? 어떤 통계를 보면 그 한마디가 '어머니'랍니다. 그 말을 듣기만 해도 눈물이 납니다."

초등학교 6학년쯤 되었을 때 나의 누님 김옥길은 당시의 이화여전 문과에 다니고 있었습니다. 방학이 되어 누님이 평양 집에 돌아오실 때 '시조놀이' 한 틀을 사다 주셨습니다.[9] 거기에는 시조 100수를 적은 카드와 초장(初章)만 적힌 카드가 따로 100장이 있어서 겨울날 밤 식구들이 모여 앉아 '시조 찾기'를 하였습니다. "동창이…" 하고 초장을 어느 특정한 한 사람이 읽기 시작하면 남구만(南九萬)의 그 시조 한 수를 우리 앞에 펴놓은 100장 카드 중에서 재빨리 찾아내야 하는 겁니다.

―〈파수꾼〉, 2015. 11. 19.

일제 때였지만 우리나라에도 '시조놀이'가 있어 시조 100수를 다 암송했지만 뜻은 전혀 모르고 읊기만 하였습니다. 해방이 되고 나서 다시 배우는 가운데 그 뜻을 헤아리게 되었습니다.

―〈파수꾼〉, 2017. 11. 5.

---

9 일본인들의 카루타(かるた) 놀이와 비슷하다 했다. 카루타는 일본의 카드게임으로, 주로 정월에 실내에서 한다. 편지·카드를 뜻하는 포르투갈어 단어 카르타(carta)에서 유래했다. 시조놀이 카드세트는 트럼프처럼 생겼다. 일제 때 동생에게 그 카드를 선물했던 적이 있었던 김옥길 총장이 직접 청했음인지 나중에 이화여대 출판부가 그 복제품을 제작했다. "시조놀이는 명절이나 즐거운 모임에서 여러 사람이 함께 어울려 건전하고 유쾌하게 즐길 수 있는 놀이다. 놀이방법은 종장 패를 바닥에 펼쳐 놓고 그 주위로 둘러앉아 한 사람이 시조 카드를 들고 초장부터 읊으면 둘러앉은 사람은 읊고 있는 시조의 종장 패를 찾아 자기 것으로 만든다. 시조를 많이 외운 사람일수록 놀이를 하는 동안 많은 종장 카드를 집을 수 있고 제일 많이 찾은 사람이 장원하게 된다."(이화여자대학교 출판부, 《시조놀이》, 1973)

긍재는 이런 가정 분위기 속에서 감화를 받은 바라 했지만, 그 이전 우리 전통의 제도권 교육도 시사랑은 주요 가르침 대상이었다. 조선시대 서원과 서당에서, 실제로 그렇게 이뤄졌는지는 몰라도, 고대 중국 교육이 강조했던 예(禮)·악(樂)·사(射)·어(御)·서(書)·수(數) 등 6가지 과목, 곧 육예(六藝)를 일단 말로는 높게 받들었다. 거기에 '악'이나 '서'는 '시정신'(詩精神, *poésie*)이 기저에 있었고, 선비의 덕목으로 높이 받들었던 '시·서·화'는 하나같이 시적 감성을 중시했다.

서양의 인문 전통도 '문필가'(*man of letters*)를 선망했다. 긍재가 사랑하는 19세기의 칼라일(Thomas Carlyle, 1795~1881)이 전형적인 문필가 중 한 사람이었다. 문필가는 시·산문·역사·철학 등에 두루 정통한, 한국식 표현으로 하면 문학·역사·철학에 밝은 문사철 삼절(文史哲 三絶)을 일컫는 말이었다.

제 2차 세계대전을 연합국의 승리로 이끎으로써 영국 역사상 "천년의 인물"로 꼽히는 처칠(Winston Churchill, 1874~1965) 수상도 바로 문필가 전통이 몸에 밴 정치인이었다. "처칠은 5천 권 이상의 책을 읽고 기억 용량이 대단해서 시를 워낙 많이 암기했으므로 일종의 주크박스[10]라는 평을 들었다. 제

---

10 주크박스(*juke box*)는 다방이나 호텔의 홀, 드라이브인(*drive-in*) 등에 설치되며, 지정된 주화를 넣고 희망하는 곡의 버튼을 누르면 자동적으로 레코드를 골라 연속적으로 재생하는 장치이다.

목만 대면 시가 튀어나왔기 때문이었다"고 해서 처칠의 일대에서 이런 일화도 전설처럼 전해온다.[11]

처칠은 제 2차 세계대전 개전 초기에 미국의 참전을 유도하기 위해 필사적으로 루스벨트 대통령에게 매달렸다. 어느 회동에서 루스벨트는 존 휘티어가 쓴 애국시 〈바버라 프리치〉(Barbara Frietchie)에서 유명한 몇 줄을 인용했다. "이 늙은 반백의 머리에 총을 쏴야 한다면 그렇게 하라. 하지만 국가만큼은 손대지 마라." 그러자 처칠은 시 전체를 암송해 미국 대통령 부부를 깜짝 놀라게 했다. 그도 그럴 것이 휘티어의 시는 분명히 미국 시여서 해로스쿨(Harrow School)에서 배웠을 리 만무했기 때문이다. 시를 자유자재로 인용하는 것은 매우 능숙한 외교적 행보였다.

---

11 인용 책(보리스 존슨, 《처칠 팩터》(*The Churchill Factor*), 안기순 옮김, 지식향연, 2018, 236쪽)의 저자 존슨(Boris Johnson, 1964~)은 언론인 출신으로 런던 시장과 영국 외무장관을 역임한 데 이어 2019년 7월 24일 영국 수상 자리에 올랐다. 인용된 미국 시인 휘티어(John Whittier, 1807~1892)는 열렬한 노예 해방주의자였다.

천품도 특출나서

교육이 인간 능력의 후천적 진작이라면 긍재의 주크박스 경지의 시암송은 그렇게 '타고난', 곧 천품(天稟)의 발현이기도 할 것이다. 당신이 직접 증언했다.

천품은 유전 효과의 일환이라고도 할 수 있겠는데[12] 이건 한 핏줄인 김옥길(金玉吉, 1921~1990) 이화여대 총장의 행적 일화가 방증해 주었다. 이화여대는 기독교계 학교라서 전 학생이 대강당에서 열리는 채플에 참석해야 했는데, 1960~1970년대에 걸쳐 무려 18년이나 자리를 지켰던, 총장의 강론도 당연히 어쩌다 있었다. 그 어느 때 졸고 있는 학생을 발견하면 수많은 재학생 가운데서 그이 이름을 대뜸 대며 "야 머시기 일어나!"라고 일갈하곤 했음이 전설처럼 소문났다고, 몽땅 이화여대 졸업생으로 처자(妻子)를 거느린 나도 진작 전해 들었던 바다.

---

12 부모의 피를 받아 태어난다는 점에서 사람의 유전설 또한 유효한 설명이지만, "아이슈타인의 아들이 머리 좋았다는 말은 듣지 못했다"는 긍재의 말처럼, 한 개인의 특성은 '천상천하 유아독존'으로 하늘에서 타고난다는 오직 그 사람만의 천품설은 유전설의 한정(限定)이라 말할 수 있을 것이다.

옛적 교육 역점이던 명시·명구 암송

어릴 적 교육은 아무래도 암기 위주일 수밖에 없다. 근대 교육이 도입되기 전에는 서당에서 《소학》(小學)을 읽고 외우다 나중에 사서삼경으로 나아갈 제 명시·명구·명문을 모아 엮은 《고문진보》(古文眞寶)를 갖고 취향대로 골라 암송하는 식이었다.

성균관대에서 정년한 뒤 연세대 석좌교수를 지낸 한문학자 연민 이가원(淵民 李家源, 1917~2000)이란 분이 있었다. 그의 '선비형' 서예 곧 호구용이 아니어서 한결 선미(禪味)가 느껴지는 글씨를 좋아해서 나는 이런저런 일로 만년의 그의 명륜동 집을 여러 차례 출입했다. 하루는 약속 시간에 맞추어서 집을 찾았지만 부재중이었다. 곧 돌아온다는 귀띔을 듣고 대문 앞에서 서성거릴 제 저 멀리서 연민이 돌아오고 있었다.

혼자서 중얼중얼하며 걸어왔다. 드디어 집 앞에 당도하기에 "지금 무슨 말씀을 혼자 그렇게 하셨는가?" 물었다. 중국 북송 때 정치가이자 학자인 범중엄(范仲淹, 989~1052)의 〈악양루기〉(岳陽樓記)를 암송했다면서 "명구 암송이 치매 방지에 효과가 있다 해서 틈만 나면 외운다" 했다.

내가 아는 시암송의 또 다른 명수는 송복(宋復, 1937~) 연세대 사회학과 명예교수다. 세간에서 즐겨 인용하는 사자성어(四字成語)라든지 명구의 출처가 궁금할 때, 책 대신 '살아 있는 사전'에게 묻는 것이 빠르다 싶으면 종종 나는 그에게 전화로 물어본다. 공맹(孔孟)의 주요 구절에 대해 물으면 그는 지체 없이 그 원전(原典)을 답해 준다. 어린 날 할아버지 무릎에서 한문을 익히는 사이에 시문 암송이 익숙해졌단다.

사특한 생각이 하나도 없다

직접 목격하기도 했다. 2017년 말인가 어느 모임 자리에서 김남조(金南祚, 1927~) 시인이 새로 펴낸 시집(《충만한 사랑》, 2017)에서 읽은 〈시계〉가 나이 90의 노경을 진술하게 자술(自述)한 것[13]이 좋았다며 일행들 앞에서 암송해 주었다. 바로 얼마 전에 출간한 시집인데 언제 그 시를 암송했느냐 묻자, 태연하게 돌아온 대답은 주변 사람들의 기를 죽일 만했다.

"좋은 시는 한 번 읽으면 그대로 외워진다!"

송 교수는 글과 말이 도도해 그의 교양과목을 듣는 수강생

---

13 2017년 봄에 제29회 정지용문학상이 주어진 〈시계〉의 전문이다. "그대의 나이 90이라고 / 시계가 말한다 / 알고 있어, 내가 대답한다 / 그대는 90살이 되었어 / 시계가 또 한 번 말한다 / 알고 있다니까, / 내가 다시 대답한다 // 시계가 나에게 묻는다 / 그대의 소망은 무엇인가 / 내가 대답한다 / 내면에서 꽃피는 자아와 / 최선을 다하는 분발이라고 / 그러나 잠시 후 / 나의 대답을 수정한다 / 사랑과 재물과 오래 사는 일이라고 / 시계는 즐겁게 한판 웃었다 / 그럴 테지 그럴 테지 / 그대는 속물 중의 속물이니."

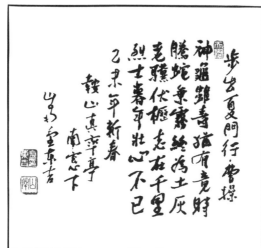

김동길, 조조의 〈步出夏門行〉(걸어서 하문을 나서서) 시고, 2015,
색지에 먹, 24x27cm. 낙관에 나오는 '鞍山'(안산)은 연세대 뒷산,
'眞率亭'(진솔정)은 연세대 동문 쪽에 있었던 당신이 결성하였던
'태평양시대위원회' 사무실, 그리고 아호로 '山南'(산남)이라 적었다.

이 무척 많았다는 소문은 나도 진작 들었다. 강좌 시작 때 수강
생에게 강조하는 바가 "시를 최소 300수는 외어야 한다"였다고.

이 말은 필시 《논어》의 유명 구절 "시(시경) 300편은 한마
디로 말해 사악한 생각이 하나도 없다"(詩三百, 一言以蔽之, 曰
思無邪)는 말을 유념한 권유였을 것이다. 시정신이란 사특함
과 담을 쌓는 언행(言行)이라 본 공자(孔子)였기에 "시를 공부
하지 않고서는 말할 게 없다"(不學詩 無以言) 했다.[14]

이 점은 서양의 발상법도 다르지 않다. 19세기 영국 문필가 아널드(Matthew Arnold, 1822~1888)는 "시는 인간의 가장 완벽한 발언"이라 했다. 시를 알지 못하고서는 말을 안다고 할 수 없다는 뜻이었다.

시에 나라 근심도 담겨

나아가 공자는 시사랑을 사람을 알아보는 척도로 삼았다. 세상 사람들 사이 최상의 어울림은 "더불어 시를 말할 수 있음"(可與言詩)이라 했던 것.

이 경우, 공자 의중의 시란 감상(感傷)에 잔뜩 젖어 노래하는 음풍농월(吟風弄月)의 시작(詩作)만을 말함이 아니었다. 감각의 쾌락이나 생활인다운 실존 등도 시어로 영글기 마련이지만, 못지않게 아니 오히려 더욱 억압적인 시대상에 대한 비판이나 자연과 초월적 세계에 대한 사유가 시상(詩想)에 담기는 것은 당연하다. 긍재도 "시란 감정의 무제한의 방출이 아니

---

14 《논어》, 〈계씨〉 13장) 공자 제자 진항(陳亢)이 공자의 아들 이(鯉)에게 다가가 슬쩍 묻는다. "자네 혹시 아버님에게서 뭐 특별한 것이라도 얻어 들은 바가 있는가?"라고. "일찍이 홀로 서 계실 때 내가 종종걸음을 하여 뜰을 지나니 말씀하시기를, '시를 배웠느냐'고 하시기에 내가 답하기를, '아직 배우지 못했습니다'라고 하자 '시를 배우지 아니하였다면 말할 수 없다'고 하시기에 나는 물러나와 시를 배웠노라."

라 감정의 절제 없이는 쓰일 수 없다" 했던 영국 시인 워즈워스를 인용했다.[15]

그만큼 긍재의 시사랑은 희대의 선비 다산 정약용(茶山 丁若鏞, 1762~1836)의 발상법을 따름이라 싶었다. "착한 것을 들어서 감발(感發) 시키게 하고 악한 것은 듣고서 잘못을 뉘우치게 하기 때문에 시의 포폄[16]은 《춘추》[17]보다 더욱 무서운 역할을 한다" 했다. 이어 "임금을 사랑하고 나라를 근심하지 않는 시는 시가 아니다"라고 다산은 잘라 말했다.[18] 지금 시절이 민주공화국 시대인 만큼 이 말에 "임금 사랑" 대신 "자유민주주의 사랑"을 대입하면 그대로 진선미의 말이 될 것이다.[19]

---

15 같은 맥락의 말이지 싶은데, 당대의 문학평론가로 이름난 김우창은 정현종 시인의 《고통의 축제》(민음사, 1974) 해설에서 "최남선에서 서정주에 이르는 한국의 현대시가 감정토로와 자기탐닉의 구조를 벗어나지 못했다"고 비판해서 시계에 충격을 던졌다 했다.

16 포폄(褒貶)은 '시비(是非)를 평정(評定)한다'는 뜻을 지닌 말이다.

17 《춘추》(春秋)는 오경(五經) 가운데 하나다. 《춘추》는 본래 노나라의 사관(史官)이 기록한 궁정연대기(宮廷年代記)였는데, 여기에 공자가 독자적인 역사의식과 가치관을 갖고 필삭(筆削)을 가함으로써 단순한 궁정연대기 이상의 의미를 지니게 되었다. 군부(君父)를 시해하는 난신적자(亂臣賊子)가 생겨나는 혼란기에 공자가 명분을 바로잡고 인륜을 밝혀 세태를 바로잡고자 지었다고 한다(출처: 《한국민족문화대백과》).

18 유배 중이던 다산이 1808년 겨울에 아들 학연(學淵)에게 보낸 편지의 한 구절이다(이덕일, 《정약용과 그의 형제들 2》, 김영사, 2004).

자락自樂·자위自慰의 시암송

배움이 남을 위해선가, 자신을 위해선가. 그 특성을 한마디로 재단하라면 자신을 위한 노릇이 먼저라는 게 정답이고 정설이다. 긍재의 시사랑도 먼저 자신을 사랑하려는 노릇의 일환이었다고 보아야 할 것이다.

당연히 자신의 아픈 마음을 달랠 때도 시 읽기·외기가 유효했다. 아흔 넘도록 독신으로 살아온 긍재에게 당신의 여인 사랑은 어떠했는지 궁금해하는 사람들이 주변에 하나둘이 아니었을 터이다. 사랑 이야기가 으레 그러하듯, 낭설도 난무해온 과거사에 대해 2015년 7월 12일자 〈파수꾼〉의 "네잎 클로버는 시들고" 제하의 글은 당신에게도 '포피리아의 연인'이 있었음의 실토였다. 당신 여인 사랑 자술(自述)의 정본(正本) 이야기가 될 만했다.

아주 아득한 옛날에, 내가 가르치던 대학의 영문과에 들어온 여학생 한 사람을 사랑하였습니다. 그가 어디선가 구해서, 책

---

19 최불암(崔佛岩, 1940~)은 이 시대 한국의 '국민배우'라 해도 지나친 말이 아닐 터. 한 인터뷰에서 "배우도 역시 사회 안에서 의미를 가진 사람이 돼야 하는 것이 아닌가 하는 거죠. 사회를 걱정하고 미래를 생각하는" 사람이라야 마땅하다면서 "사람은 늘 가슴속에 시 한 편을 품고 살아야 한다" 했다(〈동아일보〉, 2018. 4. 9). 해도 "시는 역사를 만들지 못한다"는 점 또한 분명하다 (유종호 편, 《향수: 정지용》, 민음사, 1995, 125~145쪽).

갈피에 꽂을 수 있게 만들어 준 '네잎클로버'가 그때에는 짙은 녹색이었지만 수십 년의 세월이 흐르고 오늘 잎사귀에는 푸른 빛이 전혀 없어서 이 '북마크'가 행운을 가져다주리라고 믿을 사람도 없을 겁니다.

그 당시만 해도 교수가 학생을 사랑한다는 것은 있을 수 없는 일이었습니다. 시대적 분위기나 도덕적 관념이 지금 같지 않았습니다. 사랑 때문에 학교를 사직한다는 것은 나로서는 상상도 할 수 없는 일이었는데, 그 학생은 졸업하고 멀리, 아주 멀리 떠났습니다. 나는 정년이 되어 퇴직할 때까지 그 교단을 지키며 살아왔습니다. 살고 또 살고 그리고도 또 살다 보니 이제 90을 바라보는 노인이 되었습니다.

그 '네잎클로버'는 내가 사랑하는 영어 시집《The Golden Treasury》책갈피에 끼어 있습니다. 오늘은 366쪽 〈Porphyria's Lover〉[20]에 간직되어 있습니다. 이 시는 로버트 브라우닝의 작품인데 오늘 새벽에 또 읽으면서 새삼 감동하였기 때문입니다. 나도 이젠

---

20 〈Porphyria's Lover〉(포피리아의 연인)는 인간의 이상심리를 포함한 복합적 내면심리를 자주 다루었던 브라우닝의 작품이다. 원래 제목이 〈정신병원 독방〉(Madhouse Cells)이었음이 시사하듯, 비정상적인 정신상태에 빠진 화자(話者)는 사랑하던 여인의 변명을 듣고, 그 사랑을 영원히 지속시킨다는 명목으로 여인을 교살(絞殺)한다. 상대방을 의식하면서 독백하는 유형으로 브라우닝이 창안한 '극적 독백'(dramatic monologue)의 시 형식이다(출처:《두산백과》).
참고로 포피리아의 한 구절을 읽어 본다. "그래서 그녀는 비바람을 뚫고 왔다. / 나는 그녀의 행복하고 자랑스러워하는 눈을 / 보았고 확인했다; 마침내 나는 알았다 / 포피리아가 나를 숭배했다는 것을; 놀라움은 / 내 가슴을 북받쳐 오르게 하고, 그것을 더해갔다."

이 '네잎클로버'와 꼭 같이 빛이 바래고 생기가 없습니다. 저는 시들고 나는 늙었기 때문입니다.

내가 영원의 나라로 거처를 옮기면 아마도 이 '정표'의 가치를 모르는 사람들이 쓰레기통에 버릴 겁니다. 나 아닌 어느 누구의 눈에도 이 '네잎클로버'가 행운을 가져다줄 것 같지 않기 때문이겠죠. 쓰레기통에 버려도 나는 할 말이 없습니다.

그러나 남들이 다 깊은 잠을 자고 있을 이 새벽 4시에 눈을 뜨고 나는 브라우닝의 '사랑'을 되새기며 이 '네잎클로버'를 유심히 들여다보는데, '그 사람'이 한없이 그립습니다.

"바위고개 언덕을 혼자 넘자니 / 옛 님이 그리워 눈물 납니다 / 고개 위에 숨어서 기다리던 님 / 그리워 그리워 눈물 납니다."

시암송, 건강도 지키고 사람도 사귀고

본디 남에게 하는 말은 자신에게 하는 말이기도 한 것. 남들에게 시암송을 권유해왔음은 시암송이 갖는 적극적 가치를 스스로 십분 확인했다는 말이었다.

젊었을 때 시 한 수라도 암송하는 것, 이것이 교육에 매우 중요한 부분입니다. 그러기 때문에 여러분들 뜻이 있는 분들은 한 달에 하나 배우니까 그걸 한 달 동안 자꾸 읊조려서 암송하고 있으면 그것이 여러분의 앞으로의 긴긴 삶에 도움이 되지 않을까 그런 생각입니다.

　이렇게 강연하다가 시가 줄줄 흘러나오면 듣는 사람들이 감동합니다. 저는 원래 탁 하고 누르면 시가, 한시든 영시든 시조든 줄줄 나와야 하는데, 만약 안 나오면 강연 그만두어야겠다, 그렇게 생각하고 있습니다. 　　　　　－〈맑은 만남〉 강의록, 2007.

이런 긍재가 아주 어쩌다 병원에서 전신마취 수술을 받고 나서 정신건강이 온전히 되돌아왔는지 스스로 확인했던 척도도 시암송이었다. 전신마취 상태는 자의식의 일시적 상실이겠는데, 그런 수술이란 1988년엔 맹장 수술 그리고 2010년 말 디스크 수술 두 차례였다. 디스크 수술을 위해 일주일 입원했을 적에(〈파수꾼〉, 2010. 12. 16), 당신의 정신력 원상복구 여부 체크리스트는 이전과 같은 시암송 능력이었다. 생각한 시가 제대로 암송되자 안도했다는 말이었다.

　개인 한 사람이 온전하게 서는 데는, 사람을 일컬어 인간(人間) 곧 '사람 사이'라 했음이 말해 주듯, 사람과 사람의 사이 관계도 막중하다. 기실 인간관계가 사람 그 자체인지도 모른다. 긍재는 처음 만나는 사람에게도, "더불어 시를 말할 만한 처지"라는 공자의 기준대로, 그럴 만한 시를 암송해 주어 아직 열리지 않은 상대방 마음의 문을 활짝 열어 놓곤 한다. 일본인을 만나 거기서 긍재가 일본 명시 한 수를 암송해 준다면 한일관계의 오랜 경색 국면에 비추어, 그 만남의 파장은 어느 외교관도 거두지 못할 바일 것이다.

'워드'에서 '월드'를 읽는 어문 자영업

글 읽기를 좋아하는 사람을 일컬어 선비라 했다. 선비는 모름지기 "배우는 데 염증을 느끼지 않고, 가르치는 데 게으르지 않음"(學不厭 敎不倦)이라 했다. 공맹학의 요체는 바로 선비의 전형인 긍재를 두고 한 말로 들린다.

선비는 말과 글이 무기다. 요즘 선비는 교직이란 제도권에서 활동하기 쉽다. 해서 조직에서 물러나면 배우기는 계속할지 몰라도 가르치기는 직업적으로 끝나는 게 사회 관행이 되었다. 견주어 한창 나이에 불의(不意)로 대학에서 떠난 긍재는 제도권 바깥의 이른바 프리랜서 선비가 되고 말았다. 불가피 말과 글을 갖고 특강과 집필의 개인 활동에 열심일 수밖에 없었고, 전화위복이라 할지, 이 '자영업'은 정년퇴직이 있을 리 만무했다.

긍재의 말과 글은 진작 명문과 명언으로 소문났다. 먼저 그 대체적 특성으로 말하자면 천연(天然)스러움인데, 이건 평소 '글을 쉽게 쓰자'는 원칙 하나를 고집했던 결과일 것이다.[21] "그 사람에 그 글"이란 말이 진실이라면 "그 글에 그 사람" 또한 진실일 터인데, 글에서 느껴지는 문기(文氣)는 인연이 닿는 사람을 만날 때 전신을 실어 응대하는 당신의 천연한 인품, 곧 간명(簡明, simple)하면서 직절(直截, straightforward)한 성품을 말해 준다 싶다.

〈파수꾼〉 연재가 그러했듯 맹산 어문(語文)의 수사적(修辭的) 특성은 암송 명수답게 명시를 자유자재로 구사함이라 할 것이다. 말의 강연이 곧 시론(時論)의 글이 되고, 그 반대의 경우도 다반사다. 긍재의 시심(詩心)은 도처에 넘쳐난다. 가장 압축적인 정의로 시란 "서정적 자아의 소우주 속에서 순간적으로 세계가 조명됨"이라 했으니[22] 그만큼 "워드(word)에서 월드(world)를 읽는" 방식이 되었기 때문이었다. 세상 문제점을 따지는 글과 말에 국내외 명시를 인유(引喩)하여 시무(時務), 곧 시급한 일이나 시대에 중요하게 다루어야 할 일들의 실체를 밝히거나 그 해결의 실마리를 넌지시 말해왔다.

---

[21] "나는 책을 100권이나 쓴 저술가라면 저술가인데, '한 수'만을 고집했습니다. '글을 쉽게 쓰자'는 원칙 하나를 고집하였습니다. 나는 90이 되기까지 강연·강의·설교를 여러 만 번 하였을 것입니다. 초등학교 교사 시절까지 합치면 한 5만 번은 단 위에 서서 또는 자리에 앉아서 말을 했을 겁니다. 나는 청중 앞에서 말하는 비결을 토스카니니나 번스타인 같은 세계적 지휘자들에게서 배웠습니다. … 기원의 기사들에게서 늘 배우고 오케스트라의 지휘자들에게서 꾸준히 배워서 오늘의 내가 있습니다." ─〈파수꾼〉, 2015. 1. 6.

[22] 유종호, 《시란 무엇인가》, 민음사, 1995 참조.

애송시 인유는 '시적 소통'

시가 세상 읽기·알기의 좋은 길잡이임을 당신이 단도직입적으로 밝힌 경우는 2009년 1월 4일자 〈파수꾼〉이었다. "오늘부터 각자가 가슴 깊이 간직할 만한 시나 글을 한 구절 적어 놓기로 하였습니다"라 적고는 영국 시인 브라우닝이 1864년 발표한 〈랍비 벤 에즈라〉의 첫 연을 인유했다.[23]

그다음 1월 5일엔 워즈워스의 〈런던, 1802〉, 이어 1월 6일에는 존 키츠의 〈그리스 자기에 부치는 노래〉를 끌어왔다. 그렇게 세상사 현안과 시 읽기의 구체적 연계는 10여 일간 계속됐다.

긍재의 말과 글이 시를 즐겨 인유함은 한 정신과 의사의 말대로 '시적 소통'을 위해서였다.[24]

논리적 소통이 있다면 시적 소통도 있다. 때론 우리는 긴 조언보다 짧은 시에서 뭉클한 감동과 위로를 받는다. … 시적 소통이 논리적 소통보다 때론 더 쉽게 내 생각을 상대방 마음에 전달할 수 있다.

예를 들어, 인생이 무엇인지 질문을 받았을 때 대답하기가 쉽지 않다. 인생이란 단어가 추상적이어서 어렵기 때문이다.

---

23 인용된 구절은 "세월 따라 함께 늙어갑시다. / 가장 좋은 것은 아직도 오지 않았으니, / 인생의 마지막 그걸 위하여, 인생의 처음이 만들어진 것 … "이었다.

24 윤대현, "詩的 소통이 뜬다", 〈조선일보〉, 2016. 3. 28.

그러나 '인생은 여행이다'라고 인생을 원관념, 여행을 보조관
념으로 표현하게 되면 여행이란 한 단어에 인생의 윤곽이 그려
지는 느낌을 받는다. 여행이 인생이란 단어보다 더 손에 잡히
고 눈에 잘 그려지기 때문이다. 시작과 끝이 있고, 수많은 필연
과 우연한 만남이 존재하는 그런 여행의 특징이 인생에도 존재
함을 느끼게 된다.

사람의 행동 궤적은 좋은 것은 늘리고 모자란 것은 채우거나 줄이
려 한다. 긍재가 애송시를 즐겨 말 또는 글에 섞는 것은 시적 소통
의 유효성을 현창하려 함임과 동시에 시심에 무심한 보통사람들
의 마음씀씀이를 유정(有情)하게 돌려놓겠다는 심산이었다.

시심이 낮아지는 세태 염려

당신이 파악한 이 시대의 무심함이란 무엇보다 정보혁명의 총
아로 나타난 스마트폰이 광범위하게 사람들의 생활 속을 파고
들면서 내남없이 현대의 생활이 부박(浮薄)해짐을 눈여겨보
았던 것. 그 소감 그 입장을 역시 〈파수꾼〉에 적어 놓았다.

내가 오늘처럼 이렇게 늙기 전에도, 'Good old days'(좋았던 옛
시절)를 그리워했는데, 컴퓨터가 인간의 지성적 삶을 독점하다

시피 한 오늘 더욱 그런 생각을 하게 됩니다. 사람의 손바닥만 한 휴대용 전화에 인간이 알고자 하는 모든 지식이 다 들어 있습니다. 신문을 구독할 필요도 없고 책을 사서 읽을 필요도 없습니다. 항상 갖고 다니는 조그마한 전화 속에 다 간직돼 있는데 왜 도서관까지 가서 '사전'을 뒤져봐야 합니까.

그런데 이렇게까지 발달한 오늘의 문명을 인류가 언제까지 참고 협조해 나갈 것인지 의심하지 않을 수 없습니다. "사람은 무엇을 위해 사는가?"라는 질문에 이 시대의 모든 신사숙녀는 주머니 속의 혹은 손가방 속의 휴대용 전화를 꺼내서 보여주게 될 것입니다. 문자가 있지만, 문자를 알기는 하지만, 제 손으로 써 본 적은 없는 사람들이 모여 삽니다.

시인들이 남긴 유명한 시를 임송하려고 노력하는 사람은 앞으로도 없을 겁니다. 늘 가까이 있는 휴대용 전화에 몇 자 찍으면 그 시가 획 하나 틀림없이 그대로 나오는데 미쳤다고 시간 들여 그걸 암송합니까? 그래서 나는 'Good old days'를 그리워하는지도 모릅니다. 사람이 사람답게 살 수 없는 숨 막히는 세상이 되고 있습니다.　　　　　　　　　　　－〈파수꾼〉, 2014. 2. 3.

우리 사회의 시사랑이 함량 미달임은 문학평론가가 보다 구조적 진단을 시도한다.[25] 우선 그 상황의 기술이다.

―――
25 유종호, 《시란 무엇인가》, 민음사, 1995, 12~13쪽.

우리 사회에서 시가 널리 수용되고 향수되어 있는 것 같지는 않다. 또 본래의 높이와 깊이에서 향수되는 성싶지도 않다. 시를 보는 안목이 인품의 반영이기도 했다는 것은 이제 아득한 옛일이 되어버렸다. 글자 한 자의 차이에서 세계가 명멸한다고 느꼈던 옛사람의 엄격성은 이제 우리의 것이 아니다. 도처에서 기율이 사라지고 뛰어난 것에 대한 경의가 사라지는 것과 무관하지 않다. 맑고 높은 것이 여러 가지 이름으로 홀대되고, 안이하고 속된 것이 숭상되고 있는 것과 무관하지 않다.

여기엔 문학교육의 기술적 문제가 개입한다.

시의 위엄을 보여주는 동양 고전과도 서양 고전과도 우리는 격리되어 있다. 한문과 격리된 우리 세대는 동양 시의 절창을 경험하지 못했으며 번역으로 훼손된 서양 고전에서 '시'는 증발되어 버린 것이나 진배없다.

긍재의 시사랑 교육

긍재의 시사랑 고취는 지인들과 사적으로 환담하는 도중은 물론 공적으로 마련된 공간에서도 이루어져 공사(公私) 불문이었다. 공적인 경우도 강의실에서 수강생을 만나는 이른바 대면(對面) 교육, 그리고 흥미를 가진 이들을 염두에 두고 신문지면 또는 전자통신으로 접근하는 원격(遠隔) 교육, 이렇게 두 갈래로 이뤄졌다.

공적 소통의 하나로 원근(遠近) 간에 개인적 인연의 한정 인원들을 앞에 놓고 긍재가 이런저런 이름의 인문학 강좌를 진작 개최해왔음은 꽤 오래된 관행이었다. 이를테면 2007년부터 2010년 사이에 매월 모여서 강의를 듣던 〈맑은 만남〉도 바로 그런 교육장이었다.[26]

그때 각종 고전을 소개·풀이하면서 곁들여 강좌마다 시 한 편씩도 골라서 감상에 도움 되는 해설을 곁들였다. 최근인 2017년 9월 28일 목요일에 시작한 이른바 〈목요서당〉도 시학(詩學)이 주제인 공부모임인 것. 모임이름을 '목요서당'으로 정한 것은 당신이 초등학교 교사부터 위로는 대학교수에 이르기까지 각급 교단에 모두 서 보았지만 다만 전통 시대 초학 교육장이던 서당의 훈장노릇은 못해 보았다며 명목으로나마 한

---

26 모임에 참여했던 수강생 이희정(李羲政)의 녹취에 따르면, 2007년 인문학고전 강독 일정은 1월 《군주론》(마키아벨리), 2월 《공산당 선언》(마르크스), 3월 《자유론》(밀), 4월 《미국의 민주주의》(토크빌), 5월 《법의 정신》(몽테스키외), 6월 《방법서설》(데카르트), 7월 《팡세》(파스칼), 8월 《죽음에 이르는 병》(키르케고르), 9월 《기독인의 자유》(마르틴 루터), 10월 《로마제국의 쇠망사》(에드워드 기번), 11월 《톨스토이 인생론》(톨스토이), 12월 《월든》(소로우)이었다. 한편, 2008년 문학고전 강독 일정은 1월 《일리아드》(호머), 2월 《데카메론》(보카치오), 3월 《신곡》(단테), 4월 《실낙원》(밀턴), 5월 《햄릿》(셰익스피어), 6월 《파우스트》(괴테), 7월 《부활》(톨스토이), 8월 《죄와 벌》(도스토옙스키), 9월 《레미제라블》(빅토르 위고), 10월 《돈키호테》(세르반테스), 11월 《주홍글씨》(너대니얼 호손), 12월 《몽테크리스토 백작》(알렉산더 뒤마)이었다.

번 꾸며 본 모임이었다.

전통의 서당은 본디 유학(幼學)들이 다니던 과정이었던 것. 그런데 긍재 교실의 〈목요서당〉은 팔십객 전직 교수를 포함해서 칠십객이 대부분이었던 점에서 시작부터 개념의 혼돈이 있었지만 뒤늦은 배움을 누가 탓할 것인가. 긍재 훈장이 첫 강의를 위해 마련한 교재에도 만학도들을 위로할 양으로 그럴 만한 시조 한 수를 골라 넣었다. 고려 말 선비 우탁(禹倬, 1262 ~1342)의 늙음 한탄 노래였다.

한 손에 막대 잡고 또 한 손에 가시를 쥐어
늙은 길 가시로 막고 오는 백발 막대로 치렸더니
백발이 제 먼저 알고 지름길로 오더라

〈파수꾼〉, 시사랑 원격교육

유명 칼럼니스트로 진작 소문날 만큼 경향(京鄕)의 주요 지면에 기고해온 긍재인데, 전자통신이 발달하자 그 공론의 장에도 당신의 박식과 소신을 담아왔다. 2008년 5월부터 꼭 10년간 연재했던 〈파수꾼〉이 바로 인터넷 글이었다.[27]

---

27 긍재는 〈파수꾼〉 연재가 끝나자 곧이어 2018년 5월 1일부터 인터넷 블로그에 만든 개인 홈페이지의 한 메뉴인 〈석양에 홀로 서서〉에 매일매일 글을 올리고 있다.

논조는 이전에 신문 등 각종 문자매체에 기고했던 글의 명시적 또는 묵시적 지향점과 다를 바 없었다. 글의 주제라 할까 내용이라 할까를 한마디로 압축한다면 "개인 그리고 사회 차원에서 자유의 지평을 넓히고 지키려는 파수꾼 노릇을 자처하는 사이 대한민국 사람들 삶에서 사랑을 늘릴 수 있기를 응원함"이라 할 것이다.

긍재의 사회발언성 글의 논조는 일단 신문의 사설과 닮은 점이 많다. 하지만 세부로 가면 공기(公器)로서 시시비비(是是非非)를 가린다는 언론의 그것과 다소 다른 점이 있다. 후자는 중립 엄수가 사명임을 전제로 "옳은 것이 옳음"(是是)을 말하기보다 훨씬 더 "아닌 것이 아님"(非非)에 치중하는 식이지만, ⟨파수꾼⟩에 기고한 글은 '비비'를 힘주어 말하면서도 그 못지않게 '시시'로 세상의 진선미를 힘써 높이 현창하려 했다.

⟨파수꾼⟩ 연재, 꼭 10년을 채웠다

10년을 하루같이 글을 적어 나간다는 것은 그 자체로 "산 넘어 산" 문자의 대장정이다. 해외 특강 등 외국 출입이 빈번하고 그게 한 달 가까운 긴 시간일 경우도 있었지만 그때마다 떠나기 전에 미리 적어 두는 치열함이었다.[28] 그 10년치 ⟨파수

꾼〉분량이 엄청날 것임은 묻지 않아도 알 만하다.[29]

엄밀히 세어 보니, 200자 원고지로 2012년 1,699매, 2015년 1,708매 등 정확히 총 19,566매가 된다. 대하소설의 대명사인 박경리의 20권짜리 《토지》가 원고지로 31,000매라 했으니 거의 3분의 2 수준이다.

그리하여 〈파수꾼〉 10년치 글의 분량은 이를테면 시론 적기의 대표적 필자인 어떤 논설위원[30]도 도달하기 어려운 높은 문자탑(文字塔)으로 우뚝 솟았다. 1990년 전후 5년간 〈조선일보〉 비상임 논설위원으로 일했던 내 경험에 비추어 혼자 그 문자탑의 높이인가 위용인가를 가늠해 보고 싶어졌다.

지금은 형편이 좀 달라졌지만 그 시절 신문 사설 면은 보통 두 꼭지 글이 실렸다. 원고지로 위의 대(大) 사설은 6.5매, 아래

---

28 이를테면 2016년 11월 말에 해외여행에 오르기 전에 연재가 가능한 주제를 골라 그 여행 기간에 계속 게재되도록 미리 적어 둔 것이 "한국의 위인들"이었다. 2016년 11월 20일에 시작해서 12일간 이어졌다. 다뤄진 인물은 정몽주를 시작으로 성삼문, 이순신, 안중근, 이봉창, 윤봉길, 안창호, 이상재, 이승훈, 조만식, 김구, 이승만 12인이었다.

29 국내에서는 듣지 못했지만 동포들이 집중적으로 모여 사는 미국 로스앤젤레스의 〈Radio Korea〉에서 방송된 〈김동길 칼럼〉은 1994년 3월 7일에 시작해 2014년 3월 7일까지 만 20년간 1주 5일, 월요일부터 금요일까지 하루도 쉬지 않고 계속되었다. "아침 출근길에 라디오로 그 방송을 듣는 교포들이 많았습니다. 하루에 10분씩이지만 5천 번이면 5만 분이 될 것이니, … 200자 원고지로 능히 5만 장은 메워야 했으리라 짐작됩니다. 67세의 '보통 노인'으로 시작한 이 방송을 87세의 '한심한 노인'이 된 오늘 끝냈습니다." - 〈파수꾼〉, 2014. 3. 8.

의 소(小) 사설은 5.5매였다. 그렇다면 〈파수꾼〉 19,566장은 큰 사설 분량으로 치면 무려 3,000꼭지 분량이다. 대체로 10년 이상의 평기자 생활 끝에 논설위원 자리에 올라 일주일에 평균 두 꼭지 정도 사설을 집필한다고 상정하면 1년에 100꼭지, 꼬박 30년을 적어야 한다. 그런데 논설위원 30년 경력 언론인은 무척이나 드문 경우가 아닌가.[31]

〈파수꾼〉 인유 명시는 긍재 애송시

긍재가 사랑하는 시는 국적별로 단연 우리시가 압도적이다. 전통 시대의 우리시는 한자로 많이 적혔고 개화기 이후는 한글로 적었다. 그다음으로 영문학 전공자답게 영시를 많이 인유했다. 영국 시인의 작품이 많고 미국 시인은 어쩌다 있다. 우리 문화의 중요 발원이 중국이다. 해서 한시가 즐겨 인유된다. 일제강점

---

30 현대 한국 신문언론의 증인 가운데 한 사람이었던 박권상(朴權相, 1929~2014) 전 〈동아일보〉 주필이 군사정부에 의해 미국 '유배 중'일 때 자주 만나 언론계 비사를 들었던 기억에 따르면 "신문사에 기자 100명이 들어오면 거기서 논설위원 한 사람이 나오고 그 논설위원 100명에서 편집국장 또는 주필 한 사람이 나온다" 했다.

31 우리 현대 언론사에서 내 알기론 반세기 이상의 언론인 생활 최장수 기록을 세우며 아직도 현직인 사람은 김대중(金大中, 1939~) 〈조선일보〉 논설고문 단 한 명이 아닐까 싶다. 내가 1988년에 비상임 논설위원으로 출입하기 시작했을 때 그는 이미 논설위원실 최선임의 논설주간(또는 주필)이었다.

기에 중등교육을 받았던 전력으로 일본시도 빠지지 않았다.

〈파수꾼〉의 한 꼭지 글은 200자 원고지로 4, 5매 정도다. 해서 3행인 우리 시조는 전체가 다 인유되곤 하지만, 서사시라든지 영시에서 14행의 소네트나 '극적 독백' 등의 장시(長詩)는 시의 주요 키워드 시어만이거나 상징성이나 의미성이 높은 시구만 인유했다.

긍재 애송시 수합과 그 배열에 대해

여기 〈파수꾼〉에서 인유했던 시들을 가져다 만든 이 묶음은 긍재 김동길 교수의 시사랑 범위를 대략 커버한다고 믿고 시작한 일이었다. 〈파수꾼〉 10년치를 통독한 끝에 칼럼에 인유된 시를 적시했다. 이들 애송시를 디딤돌로 삼은 당신의 발언 그 자체보다는 당신의 사회발언에 꼬투리가 되었던 시어·시구 그리고 그 함축성에 착안하려 했다. 다시 말해 독자들과 소통을 위해 명시를 촉매로 사용한 〈파수꾼〉 글에서 인유 시 그 자체에 가급적 초점을 두고 그 시 제작 전후의 상황을 보조적으로 살피려 했다. 해서 시가 커버하는 함축성과 직접적인 연계가 없는 서술(敍述)은 임의로 삭제했다.

이 연장으로 애송시가 들어 있는 경어체 문장은 모두 긍재

의 문장이다. 뜻이 높은 글은 해설 내지 주석이 필요한 경우가
많아 평어체 문장으로 엮은이가 적었다.

〈파수꾼〉에서 당신의 애송시가 아주 보조적으로 부분 인유된
경우엔, 대신 명시의 해설과 감상에 역점을 두었던 〈맑은 만남〉
이나 〈목요서당〉의 강의록에서 애송시 한두 편을 추가했다.

배열은 크게 우리시, 영시, 한시 그리고 일본시 순으로 잡았
다. 우리시는 전통시와 근대시로 나누어 전통시를 먼저 소개
했고, 각 구분 안에서는 시인들이 살았던 연도순으로 나열했
다. 그래서 취합한 시의 꼭지 수는 총 95수에 달하니, 그 구성
은 우리 옛시(40), 현대시(14), 영시(24), 한시(14), 일본시
(3)로 이루어졌다.

긍재 애송시선 꾸밈의 속내

옛 우리 시조 몇 편 말고는 암송하는 시가 거의 없는 주제에
긍재 김동길 교수의 애송시선(愛誦詩選)을 엮어내다니, 이는
한마디로 무리라고 남들이 말할 것이다. 이 말이 틀리지 않음
이 내 대학 연학(硏學)이 사회과학인데, 비록 문학 일반을 좋
아하긴 해도, 그만큼 후자의 전문성과는 확연히 다른 길이기
도 하기 때문이다.

그럼에도 긍재 문하를 오가는 동안 당신이 사랑하는 시를 암송하는 정경을 그 누구 못지않게 좋아했고, "아는 것은 좋아함만 못하다"(知之者 不如好之者)는 선현의 말 한마디만 믿고 붙들며 시도해 본 편집이다. 긍재의 시암송을 좋아하는 동안 당신이 인유하는 시인은 도대체 어떤 정체의 인물인가, 간단히 생몰연대라도 알아야겠다 싶어서 나름대로 이모저모를 덧붙여 보려 했음이 이 책 편집의 시작이었고 그 진행이었다.

공부의 재미는 한 탐구가 관련 탐구를 촉발한다는 사실이다. 알고 나면 더 알고 싶다는 식으로 새끼를 친다. 긍재에게서 듣고 익힌 칼라일의 시 〈오늘〉에 깊이 빠져들면서 대학 때부터 고전이라고 말로만 들었던, 달리 말해 내용보다 제목만 알고 있었던 칼라일의 〈의상(衣裳) 철학〉을 뒤늦게 찾아 읽었다. 여기엔 역시 영국 문필가 특유의 익살이 깔려 있었다.

이를테면 그 어떤 것의 중요성을 말하면서 "봉사도 주목(注目)하지 않을 수 없는"이란 표현은 중요성이 아주 높다는 말인지, "볼 수 없는 사람이 눈길을 준다 함"은 앞뒤가 안 맞는 어폐의 말이니 그만큼 중요성이 없다는 뜻인지, 잠시 혼동을 낳게 만드는 그런 필법으로 독자들을 매료시킴이 옅은 웃음을 머금게 했다.

새끼를 치는 공부나 배움은 시사랑의 증폭도 가져다주기 마련일 것이다. 이건 이 책 편집을 진행하던 나도 누렸던 작은 증폭이었다.

긍재는 김성태가 곡을 붙인 박목월의 〈이별의 노래〉도 특히 좋아한다. "기러기 울어예는 하늘 구만리 / 바람이 싸늘 불어 가을은 깊었네."

유부남 박 시인이 제자와 사랑을 나누다가 헤어지면서 지은 노래라는 이야기가 인터넷에 떠다닌다. 그 뒷이야기는 믿거나 말거나일지라도 사춘기 때 이웃 여인에 대한 연모가 싹텄던 일화를 수필에다 자복했던 글을 아주 옛적에 읽었는데, 이 시 모음을 편집하는 동안 그런 심사를 적은 좋은 시 한 편을 뒤늦게 만났다. 긍재 글 덕분에 부족하나마 시 공부를 좀 하게 되었다는 말이다. 〈도화(桃花) 한 가지〉, 박목월의 시다.

물을 청請하니
팔모반상飯床에 받쳐들고 나오네
물그릇에
외면한 낭자娘子의 모습.
반半은 어둑한 산봉우리에 잠기고
다만 은은한 도화桃花 한 그루
한 가지만 울 넘으로
령嶺으로 뻗쳤네.

박경리 이야기

김형국(서울대 명예교수)

"인생이 온통 슬픔이라더니!"
파란만장한 삶을 예술로 승화시킨
작가 박경리의 삶과 문학

《토지》작가 박경리와 30여 년간
특별한 인연을 맺어온 김형국
서울대 명예교수가 엮은 박경리의
삶과 문학. 지극히 불운하고 서러운
자신의 삶을 위대한 문학으로
승화시킨 '큰글' 박경리를 다시 만난다.

신국판 | 632면 | 32,000원

바람이 일어나다

한국현대미술의 프로메테우스
김병기의 삶과 예술

김형국(서울대 명예교수)

**한국현대미술의 선구자 김병기 화백의
백년 예술 인생을 조명하다**

장욱진·김종학·박경리 등 예술가들의
깊이 있는 평전으로 유명한 김형국 교수가
김병기 화백과의 20년 교유를 바탕으로
그의 백년의 삶과 예술을 조명한 책.
최장수화가의 백년 인생을 따라가며
한국현대미술사 백년을 읽을 수 있다.

신국판 | 368면 | 28,000원

나남 nanam Tel. 031-955-4601
www.nanam.net

백년의 사람들

김동길 인물한국현대사

김동길 지음

역사의 산증인 김동길 교수가 만난
현대사를 수놓은 100명의 별들

일제강점기에서 민주화시대까지 격동의 한국 현대사 100년을
온몸으로 부딪치며 살아온 '역사의 산증인' 김동길 교수가 직
접 교유한 인물 100명을 바탕으로 쓴 체험적 인물한국현대사.
전현직 대통령부터 인기 코미디언에 이르기까지 한국 현대사
주역 100인의 이야기와 100년의 사회사가 결합된 스펙터클한
'인물기의 대장정'이다.

신국판·양장본 | 550면 | 32,000원

나남
nanam   Tel. 031-955-4601
www.nanam.net